水沢夢
イラスト：春日歩
の
エルヴィナ
3

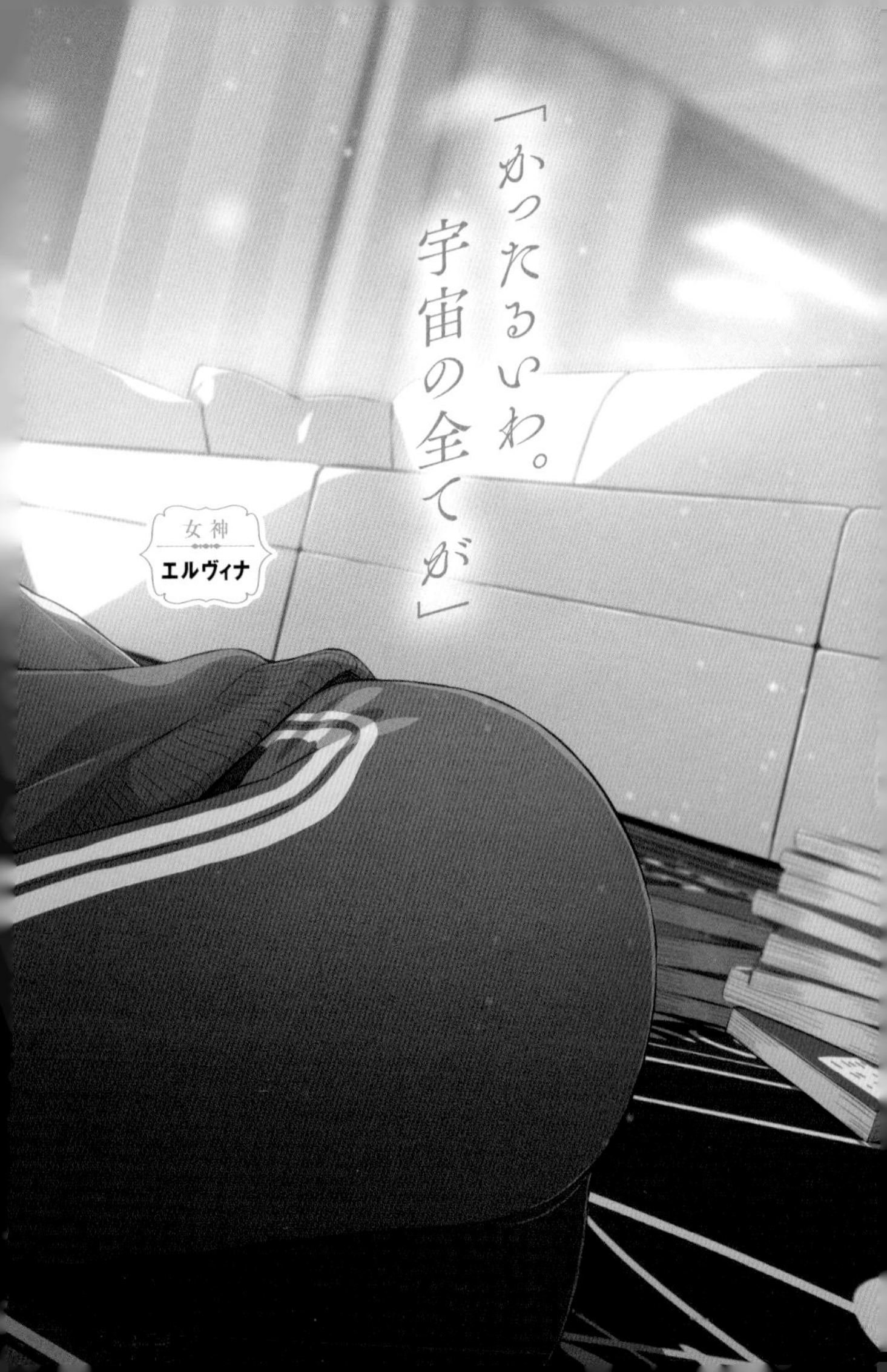
「わかったわ。宇宙の全てが」
女神
エルヴィナ

メイド
恵《え》雲《くも》詩《し》亜《あ》

執事
斑鳩《いかるが》 燐《りん》
社長
創《そう》条《じょう》照《しょう》魔《ま》

「私は優しい夢を見られなくてもいい！
それ以上の幸せを、現実で照魔がくれるから!!」

「人間は女神だけを……
リィだけを
ずーっと好きでいれば
それでいいの!!」

CONTENTS

Design:Junya Arai+BayBridgeStudio

双神のエルヴィナ 3

水沢夢　イラスト：春日歩

創《そう》条《じょう》照《しょう》魔《ま》
創条コンツェルンの御曹司。
女神に初恋をした少年。

エルヴィナ
天界に君臨する最強の女神。
照魔と契約を結ぶ。

マザリィ
天界の最長老。神聖女神の
代表を務める温和な女神。

エクストリーム・メサイア
天界の門番を務める光の鳥。
エルヴィナの監視役となる。

斑鳩《いかるが》　燐《りん》
照魔の専属執事。
特技が非常に多い頼れる青年。

恵《え》雲《くも》詩《し》亜《あ》
照魔の専属メイド。
ノリは軽いが仕事は確か。

創《そう》条《じょう》将《しょう》字《じ》
照魔の父親。
創条家の婿養子。

創《そう》条《じょう》猶《なお》夏《か》
照魔の母親。
創条コンツェルンの女社長。

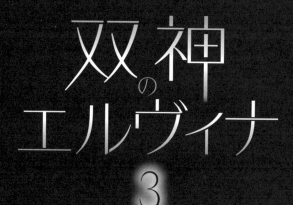

双神のエルヴィナ

これまでのあらすじ

幼い頃に偶然女神と出逢い、恋をした少年・創条照魔。彼は一二歳の誕生日、神々の国『天界』に迷い込む。そこで照魔は最強の女神・エルヴィナを自分の生命を共有して救い、天界の真実を知る。邪悪な女神から人間界を守るため、照魔たちの戦いが幕を開けた。

女神会社デュアルライブスを起業し女神災害に立ち向かう照魔たちの前に、六枚翼のシェアメルトが現れる。人間が神を崇拝しなくなった原因は恋愛感情にあると断じたシェアメルトは世界中のカップルを破局させようと企むが、照魔とエルヴィナは絆の力でこれを退けるのだった。

人間界

侵攻

女神会社デュアルライブス

創条照魔が起業した特別な会社。
女神は同じ女神か女神の力を持つ者しか干渉できないため、
照魔とエルヴィナが中心となって人間界で起こる
女神の起こす事件や災害に対処する。

社長：創条照魔

女神：エルヴィナ

エクス鳥

斑鳩 燐

恵雲詩亜

天界

邪悪女神

人間を強引に支配することで
天界の繁栄を取り戻さんと
画策する武闘派。
戦闘力に優れ、
天界最強格の一二人の
女神は全てこの勢力に
属している。

対立

神聖女神

人間の在り方を尊重しながら、
天界と人間界双方の
調和の道を模索する穏健派。
心優しき聖なる女神たちだが、
女神である以上みんな普通にヤバい。

PROLOGUE 白銀の女神

社長室で一人、仕事をしている時……デスクの上の携帯が震えた。

あたいの番号に直接電話できるのは、家族やそれに等しい者だけ。

パソコンのキーボードから指を離さず、目線だけを携帯の画面に向ける。

発信者は『創条《そうじよう》照魔《しようま》』——あたいの愛しい息子だ。

普段ならたとえ大統領との会談中だろうが即座に通話ボタンをタップしていたところだけど、あたいは今、照魔との会話を避けている。

携帯の震えが止まるのを、唇を嚙《か》みしめながら見つめていた。

仕事が鬼忙しくて滅多に会えない照魔と、せめて電話でおしゃべりするのが生き甲斐《いがい》の一つだってえのに。神さまは残酷だよ。

その神さま……女神さまの一人が、どうもこの世界について、照魔によろしくないことを吹き込んだみたいでねえ。

あの子はあたいに、詳しいことを聞きたがっているみたいなんだ。

でもあたいは正直、迷ってるのさ。照魔に本当のことを話していいものかどうか。

照魔──今日もあんたは、頑張って戦っているんだろ。

女神を大好きなあんたが、侵略から世界を護るために女神と戦うことになるなんて。

神さまは……本当に残酷だね。

ママにしてあげられることは限られているけど、照魔の苦労が少しでも軽くなるように気張っているよ。

世界の雑音は、この創条猶夏《なおか》が封じ込める。

だから照魔も、自分の決めた道を信じて思いっきりやって欲しいんだ。

そのために、知らなくていいことは知らないままでいて欲しいっていうのは……親のエゴなのかねえ。

そうだよ、照魔……あんたが戦った女神さまから聞いたらしい話は、本当のことさ。

『人間がある日突然急に気力を失う奇病』は、あたいたちの世界だけに起こっていることじゃない。

そしてあたいは、そのことを知っている。人間の暮らす世界が並行していくつも存在するってことは、ずっと昔から知ってたんだ。

っていうか、照魔《しょうま》と同じで……人伝《ひとづて》に聞いたんだけどね。

ママも昔、女神に逢《あ》ったことがある——なんて言っても、誰も信じないだろう。女神どころか、その前には怪物と交流したこともあるんだよ？　もっと信じちゃもらえないだろうがね。

けどだからあたいは、照魔が女神に逢ったって話を誰よりも強く信じてあげられたんだ。

もちろん、あたいが逢ったのは本当の女神じゃあないんだが……ただの人間と呼ぶには眩《まぶ》しすぎる存在でね。

その子はおそらく、いまの照魔とそう変わらないぐらいの歳だったはずだよ。

せいぜいが十代半ばがいいところの女の子に、思わず気圧《けお》されちまった。この創条猶夏《そうじょうなおか》が生涯でただ一人、圧倒された人間なのさ。

照魔の誕生日に語って聞かせたママの昔話……何やかんやってぼやかしたところがあっただろう？

これは、その何やかんやの一部。

幼い照魔が初恋の女神さまに出逢《であ》う、少し前の話さ。

あの夜のことは、今でも昨日の出来事のように思い出せるよ——。

○
●

創条家の掟《おきて》であたいが本邸をおん出て、はや十数年。思えば遠くに来たもんだ。人間のやる気が枯れきった世界で、地道にイラストレーターをやって食いつないでいたあたいが……今や、衰退した世界の再興を目指すドデカい会社を動かしているんだからねえ。

けれど地震や竜巻でブッ壊れた街を直すのとは、わけが違う。

失われた人間の活力を人工的に取り戻すなんて、砂漠どころか空を緑化させるようなもんさ。

とはいえあたいには、それを為《な》し得るあてがあった。

宇宙人か未来人か、それとも天から遣わされた獣か。ともあれお節介な異形の生き物が、数年前に土産《みやげ》で置いていったからさ。――人智を超えた超技術をね。

そいつが何の目的であたいに接触してきたのか、今でもてんでわかりゃあしないよ。

ただ『自分の存在は絶対に公表するな』って約束だったから、世間的にはあたいが基礎理論を構築したことになってるってだけさ。

しかし技術の雛形《ひながた》だけ託されたはいいが、これがとてつもない難解さだった。

あたいにこの技術を託した怪人《ヤツ》は、『これは基礎の基礎』みたいなことを言っていた。すぐにあたいも扱えるようになるとタカを括《くく》っていたらしいが、とんでもない。

研究者としても世界的にそこそこ鳴らしたこのあたいでも、モニターの前でただひたすら頭を抱える日々さ。

研究に行き詰まり、焦燥を覚え始めた――そんなある夜だった。

息抜きにパパや照魔《しょうま》たち家族との時間を過ごし、研究ビルに戻ったあたいは……程なく異変に気づいた。

最上階でエレベーターを降り、長く薄暗い廊下に一歩踏み出した瞬間。

廊下の最奥《さいおう》にある部屋――自分専用のラボから灯りが漏れていることに気づき、あたいは矢も楯《たて》もたまらず走りだした。

研究ビルの最上階に入ることができるのは、あたいただ一人だ。こうして走っている間も、廊下に敷き詰められた無数のセキュリティがちゃんとあたいを認証してクリアしている。

果たしてラボのガラス戸の前に立つと、室内の中央にあるメインコンピュータの前に、一人の人間が立っているのが見えた。

ビルの入り口からここまでの、夥《おびただ》しい数の警備システムは……!?　強引にこじ開けられた形跡なんて、ここに来るまでのどこにもなかった……!!

あたいは自動ドアが開ききるのももどかしく部屋の中に駆け込み、血相を変えて叫ぶ。

「誰だい!?」

ただのコソ泥なら家主に見つかって大慌てって場面だが、下手人《げしゅにん》は身じろぎもせず壁の大型モニターを見つめていた。

そして、あたいの声が聞こえていないかのように独白を漏らす。

「……やはりこの世界もすでに……。私はいつも、後手に立たされる……」

モニターには、研究中の極秘データが開かれ表示されている。あのデータを護っているセキュリティは、世界中のどんな凄腕《すごうで》のクラッカーだって突破できるシロモノじゃない。

もはやとんでもなくヤバい奴だってのは明白だが……それでもあたいは、むきになって呼びかけた。

「誰だいっ⁉」

ゆっくりと振り返ったのは、浮世離れした綺麗な女の子だった。

市販のペイントソフトじゃとても色の再現ができないような、鮮やかな銀髪。

女のあたいが思わず惚《ほ》れ惚《ぼ》れしちまう均整の取れた全身に、とてつもない乳を搭載したプロポーション。

コートのようにまとった小洒落《こじゃれ》た白衣も、バッチリ決まってる。

そんな祝福された見た目からは想像もできないほど――その娘《こ》の瞳は冷え切っていた。

「……私は――」

その夜あたいは、女神と出逢《であ》った。

けれどその女神はどうやら天の国じゃなく、地獄からやって来たみたいなんだ――。

MYTH：1　女神会社の立案

創条《そうじょう》神樹都《かみきど》ツインタワービル——通称〝メガミタワー〟。

全高三二〇メートル・地上六五階のビルが二棟、最上階付近で連結されている巨大な企業ビルにして、女神会社デュアルライブスの拠点である。

時刻は一六時四五分。

企業によっては終業が近い時刻ではあるが、デュアルライブスではこれから会議が開かれようとしていた。


レフトタワー一二階にある会議室に、受付嬢（鳥類）を除く全社員が集まっている。

部屋の形に沿って長方形に設置された机。その議長席四席には、向かって左から——

（自称）副社長、実態は平社員の天界最強女神・エルヴィナ。

弱冠一二歳にしてデュアルライブス社長を務める少年、創条照魔《しょうま》。

肩書きは社員だが、働きぶりがヤバすぎて実質副社長のスーパー執事・斑鳩燐《いかるがりん》。

肩書きは社員だが、給料アップのために社長秘書だとアピールしているメイドの恵雲詩亜《えくもしあ》。

そしてエルヴィナに一番近い長辺席に、天界では最長老だがこの会社では平社員のマザリィ。

あとはマザリィの直属護衛女神の六人が議長席に近い席から順に均等に座り、その他の女神十数名がそれに続いて着席している。

この配置が、ここ数か月のデュアルライブスにおける会議の定席となっていた。

照魔は全く気にしていないが、詩亜などは白ずくめの集団がこうしてズラッと並ぶ様に未だに慣れない様子。マザリィたちにふと目線を送り、「何故こんなことになったんだろう」と頭を抱えることも多い。

何故か気に入ってしまったらしいコピー機をやたらと使いたがるエルヴィナのせいで、普段の会議であればペーパーレスの時勢に逆行して印刷された紙の資料が各席に用意されているのだが……今日は特に何も配られていない。

代わりに、議長席の対面にある壁一面の大型スクリーンが使用されるようだった。

燐が立ち上がり、手にしたリモコンを操作する。

「それではまず、こちらの映像をご覧ください」

スクリーンに映し出されたのは、つい先ほどこの神樹都で起きたばかりの出来事だった。

『世界中の人間のやる気が一斉に失われる』という奇病に見舞われた、照魔《しょうま》たちの人間界。

それを救ったのは、先進エネルギー・ＥＬＥＭ《エレム》の発見だった。

しかし人間がＥＬＥＭを手にすることは、天界に住む超越存在──女神に、神々への叛逆《はんぎゃく》行為と断定されてしまった。

何故なら女神は太古の昔より、人間からの崇拝……つまり心を基にして、並行世界として無数に存在する人間界の調和を保ってきたからだ。

人間の精神力、心をエネルギーに転換することで精製されるＥＬＥＭは、多くの女神にとっては世界の調和を脅かす忌むべき力なのだ。

そうして照魔たちの人間界は、邪悪な女神たちの侵攻を受けた。

瀕死《ひんし》の状態にあった天界最強の女神エルヴィナを、自らの生命を共有させることで救った照魔は、彼女とともに敵性女神の侵略から人間界を護るべく日々戦い続けている。

そしてその事実は、女神たちの侵攻が始まって早々に照魔自ら世界に向けて公表した。

それから数か月が経過した今では、よくも悪くも照魔たちの存在は世界から絶大な注目を集めている──。


〈オオオオオオオ……〉

甲高《かんだか》い呻《うめ》き声のような不気味な声を発しながら、数十メートルはあろう巨大な飛行物体が神《かみ》樹都《きど》の街中を進んでいた。

立体的な正八芒星《はちぼうせい》の周囲を、何十もの輪が囲んでいる奇妙な見た目の飛行体だ。それはさながら、縦になった巨大な羅針盤が宙に浮いているかのようだった。

羅針盤が向かう先には、天にも届かんばかりの巨塔がそびえ立っている。

ＥＬＥＭの運用・開発において世界でも指折りの都市・神樹都には、セフィロト・シャフトと名付けられた超巨大なコントロールタワーが存在する。

人間界に侵攻してくる女神たちは——特に功を焦る下級の女神たちにその傾向が強いが——このセフィロト・シャフトを天界への叛逆の象徴として標的に定めているのだ。

静かに、そして確実にセフィロト・シャフトへと進む飛行体。

〈待てっ！〉

その背に、勇ましい声が突き刺さる。

道路を走って飛行体に追いつき、颯爽《さっそう》と構えを取ったのは、ディーギアス＝ヴァルゴ。

創条《そうじょう》照魔と女神エルヴィナの二人が駆る、黒鉄の巨神だ。

ともすれば巨大な死神を連想させるその威容に、しかし、地上にいる人間たちは惜しみない声援を送っていた。

「社長ー!!」

「照魔《しょうま》くーん♡」

ヴァルゴの手を振って声援に応えながらも、照魔は内心頭を抱える。

〈……せっかくセフィロト・シャフトの周りが区画整理されたのに、こんなに人が集まってきたら意味ないぞ……〉

この数か月でセフィロト・シャフトの周辺地域は再開発が行われ、最低限必要な施設以外は別のブロックへと移転された。

最も頻繁に敵性女神に狙われるセフィロト・シャフトの防衛を強化するためで、周辺を広範囲にわたって更地にし、火器や防壁など、申し訳程度の防衛システムを地下に敷いた。その上に広く植樹をしたり人工池を設置するなどして、普段はそれを隠している。

しかしそのせいでセフィロト・シャフトの周囲は絶好の『観戦スポット』になってしまい、人々は避難をせずにむしろ見物に集まってくる有様だった。

初めのうちは焦って早く避難をしてくれと声を張り上げていた照魔だったが、そうしても効果がないとわかった今はどうすることもできずにいる。

ひとまず照魔は、目の前のディーギアスに集中することにした。

〈羅針盤を象《かたど》ったような見た目……ディーギアス＝ピクシスか〉

〈こちらの呼びかけに応じたということは……多少は自我を保てているようね。邪悪女神《ゾディアクス》の間で変身のノウハウでも共有され始めたのかしら〉

ディーギアス。

神々の最終兵機たる巨神化は、まさに女神にとって忌むべき最後の手段。

しかし人間界の侵攻に有用であると判断されているためか、ディーギアスに変身する女神は後を絶たない。変身の余波で自我を失い暴れるだけのディーギアスもいるが、最近ではエルヴィナの言う通り敵の変身が安定してきているように感じる。

一方でノウハウ――練度という意味では、禁じられた最終兵機であるディーギアスを駆り続けてきた照魔とエルヴィナの右に出る者はいない。

二人で心を同調させなければ満足に動かせないという枷《かせ》も、今となっては二人で力を合わせることで十全以上のポテンシャルを発揮するという長所に転化されている。

〈セフィロト・シャフトが間近だ……これ以上進む前に倒すぞ、エルヴィナ!!〉

〈！　待って照魔――〉

エルヴィナの制止を聞かず、走りだす照魔。

ピクシスの輪郭である何重もの輪が、交互に逆方向へ回転を始める。輪から激しい閃光《せんこう》が放たれ、突進していたヴァルゴはその光をモロに浴びた。

瞬間、ヴァルゴと同調している照魔は恐ろしい感覚を味わった。

〈――――なっ……うわああああああああ!?〉

まるで重力が反転したかのように、空に向かって真っ直ぐ落下していく。

いかに巨体のヴァルゴとはいえ、空との対比では豆粒も同然。

長い時間をかけて落下し続けるおぞましい感覚を味わい、照魔《しょうま》は気を失いそうになった。

〈あ、あああああ……落ちる……このままじゃ、宇宙に落ちるっ!?〉

激しく動揺し手足をバタつかせる照魔を、エルヴィナが一喝した。

〈落ち着きなさい、照魔！　まやかしよ……私たちは大地を踏みしめている!!〉

はっと我に返り、足元を見る照魔。確かに未だ落下感に襲われてはいるが、ヴァルゴはちゃんと地面に立っている。

〈こちらの平衡感覚に干渉する女神力《めがみりょく》よ。注意して〉

〈お前は大丈夫なのか!?〉

〈元より女神は天空《そら》を翔《と》ぶ存在よ――――そこは上下も左右も関係ないわ〉

いくら空でも重力がある限りは上下はあると思うが、それでも女神は平衡感覚だけに頼らない動きを心得ているようだ。

ならば自分さえ気をしっかり持てば、ピクシスの攻撃には対応できる。

ヴァルゴが抱き締めるように前面にかざした両腕の中心に、光の種が結晶。発芽して光の柱めいた樹となった。

握り締めたその魔眩樹《まどうじゅ》の光が、大剣のシルエットへ凝縮されてゆく。

〈オーバージェネシス！〉

白き聖剣を手にした黒き巨神は、ピクシスの放つ光線を回避することなく、一歩一歩前に進んで行った。

今度は直進しているはずなのに唐突に直角に曲がって歩いている感覚に襲われ、照魔はオーバージェネシスを大地に突き立てた。

やはり、歩く方向は変わっていない。

〈そうよ、自分だけの感覚にこだわらないで……あなたは今、私と一つになっているのよ。私の感覚を感じ取りなさい〉

エルヴィナがそっと自分の背中を押してくれているのを感じる。

相手が偽りの羅針盤となって欺いてこようと、照魔の心にはもっと確かな羅針盤が存在しているのだ。

女神という名の、光り輝く道標が。

接近されたことで焦りを感じたのか、ピクシスは今度は身体《からだ》の針の部分——正八芒星《はちぼうせい》を猛回転させ、破壊光弾を撃ち放ってきた。

だが、実体を伴う攻撃ならば恐るるに足らない。

ヴァルゴは双眸《そうぼう》を発光させ、大剣を一閃《いっせん》。光弾を一刀両断に断ち割った。

割れた光はヴァルゴの背後の地面に着弾し、爆発が巻き起こる。

ヴァルゴが握り締めるオーバージェネシスが開き、拡がり、伸び——聖剣を思わせる厳かな刀身は、その中に秘められていた光り輝く回路のような核を剝《む》き出しにした。

第三神化《フェイズスリー》に変形した聖剣を、袈裟懸《けさが》けに振り下ろす。

〈《神断！　アークジェネブレイダ――――――ッ!!》〉

激しい閃光《せんこう》とともに炸裂《さくれつ》する必殺剣。

身体《からだ》に刻まれた斬線から紫電をほとばしらせ、ピクシスは爆散した。

元の白い刀身に戻ったオーバージェネシスを空薙《からな》ぎし、残心を取るヴァルゴ。

ヴァルゴと同調した照魔《しょうま》の耳に、歓声が聞こえてくる。

セフィロト・シャフトの敷地内で、ヘルメットをかぶった作業員が並び、拍手を贈っている。

そこから少し離れた広場では、大勢の人々が、ディーギアス＝ヴァルゴの勝利を目の当たりにして沸き立っていた。

大勢の人々が、照魔とエルヴィナの戦いを目の当たりにしていた。

数か月前であれば、一人残らず避難をしていた規模のこの戦いで。


人類再興の象徴であり、ELEM《エレム》の運用の要である巨塔セフィロト・シャフトが、邪悪な女神の侵攻によって半壊し、世界に甚大な被害をもたらした事件。

【アドベント＝ゴッデス】から、三か月あまりが経過した。

時に、神世暦《しんせいれき》一〇年、七月二四日。

未曾有《みぞう》の災厄が人々にもたらした恐怖も、ようやく少しずつ払拭され始めようとしている。

しかし、世界の守護者にして若き社長である少年は、眼下で声援を送る人々の姿に一抹の不安を覚えていた——。

○●

アップになったディーギアス＝ヴァルゴの顔に、正方形の停止アイコンが重なる。

一〇分ほどの動画を見終わったところで、照魔は深く溜息をついた。

「……みんな、これを見てどう思う？」

ついさっき照魔とエルヴィナが終えてきたばかりの戦闘の映像。それを社員全員で共有したのは、吃緊《きつきん》の課題について対策を立てるためだ。

エルヴィナが得意げに髪を掻《か》き上げ、真っ先に感想を口にした。

「完璧な戦いぶりだわ。なかなか面白い女神力《めがみりよく》を発揮する相手だったけど……私と照魔の敵ではなかったわね」

「あ〜のねえ——」

小言を言おうと身を乗り出した詩亜《しあ》を、燐《りん》が手の平を差し出してそっと制止する。そして詩亜に目線をやって微笑《ほほえ》むと、エルヴィナに向き直って深く首肯《しゅこう》した。

「ええ、社長とエルヴィナさまの戦いはまさに完璧です。ですが……周りを魅せるほど完璧すぎるがあまり、問題が起こってしまっているようなのです」

エルヴィナの性格を熟知しての言い回しだ。案の定エルヴィナは気分をよくした様子で、続く燐《りん》の言葉に耳を傾けた。

「映像からもわかるとおり、一般市民の危機意識が薄れてきています。広範囲に危険が及ぶディーギアスの戦闘でさえ、避難をせずに楽観的に観戦している有様で……」

「ここ最近のデカロボ戦、地面が割れたりする以外に大掛かりな被害は皆無ですからね。なんかスポーツとか観るノリで、めちゃギガ人集まってんすけど」

ディーギアスを始め照魔《しょうま》たちの戦いに関する固有名称を全て覚えた燐と、何度聞いても記憶があやふやな詩亜《しあ》とで個人差があるが、二人が懐《いだ》いている危惧は同じだ。

照魔は神妙な様子で深く頷《うなず》いた。

「このままじゃ、俺たちの戦闘に巻き込まれる人が出てくるかもしれない」

今日の戦いでも、斬り裂いた敵の光弾がヴァルゴの背後で爆発した。そんなやむを得ない防御行動でさえ、一歩間違えれば現場に集まった人間に被害を及ぼしてしまうかもしれない。

それを自己責任だと切り捨てられないのが、世界の守護者のつらいところだ。

——思い切り暴れられさえすれば満足で、街への被害は頓着しないエルヴィナ。

——道路のヒビ一つに至るまで、できる限り街への被害を抑えて戦いたい照魔。

呼吸こそピッタリになってきても、スタンスの違いから戦い方が嚙《か》み合わなくなる可能性のある二人だ。たとえ相手がモブメガであったとしても、この先も大きな被害を出さずに戦えるとは限らない。これも悩みの種の一つだった。

燐は眼鏡のブリッジを指で押し上げ、会議室に集まった全員に向けて説明を始めた。

「我が社としてはこの問題に対処すべく二点、対策を打ち立てたいと考えています」

スクリーンの映像が別のものに切り替わり、スマートフォンが大きく表示される。その画面に映っているのは、照魔たちに馴染《なじ》みのあるアプリだった。

「まず一つ目ですが……我が社が提供しているアプリ『メガクル』のメジャーバージョンアップです。これにつきましては、マザリィさまたちにご協力をいただきたく思います」

メガクルとは、燐が日々の業務の片手間に制作した女神会社デュアルライブスの自社製アプリだ。

天気予報や地震速報のように、女神災害についての情報を発信するためのアプリであり、先月にリリースされた。各国政府や創条《そうじよう》家の尽力もあり、異例のスピードでスマホのOSに標準搭載レベルの普及率を見せている。

露骨にではないが広告も載せているため、今やデュアルライブスの収益の一角を占めるにまで至っていた。

そのアプリへの協力を要請されたマザリィは、視線を泳がせて動揺し始める。

「あぷり……ええと……ああはい、あれですわね、人間が引力の存在を発見するきっかけとなった果実――」

天界一の叡智《えいち》を誇る最長老が、知ったかぶりという名の気高き回避行動に出た。

心優しき少年は、マザリィの面子《メンツ》を潰さぬようわかりやすく言葉を選びながら補足する。

「スマホに入っている『能力』みたいなものだよ。このメガクルをさらに『強化』するために、マザリィさんたちの力を借りたいんだ!!」

「…………。それでは退社いたしますわよ、あなたたち！」

「「「「はい、マザリィさま!!」」」」

二〇人からの神聖女神《セイヴアリド》たちが一斉に立ち上がり、社長を目の前にしながら集団退社《バックレ》という蛮勇に打って出る。

詩亜《しあ》はテーブルに両手を叩きつけながら立ち上がり、エプロンのポケットから取り出したホイッスルを吹き鳴らす。

「変態ー、止まれっ！　会議が終わるまでそこのドアは開きませんからね!!」

自覚があるわけではないだろうが、その不名誉な呼びかけにマザリィたちは計ったように同じタイミングで足を止めてしまった。そして、渋々席へと戻る。

「無理ですわ……あぷりという妖術を強化するなど、わたくしたち清らかな女神が力になれるはずがありませんわ……」

「おいたわしや、マザリィさま……」

「私、スマホの使い方わかんなくて噛《か》んでたら壊しちゃいました……」

よよよ、とわざとらしく泣き真似をするマザリィと、それを慰める部下の女神たち。だいぶ行動が原始に戻っている者もいる。詩亜《しあ》はげんなりとしながら言い含めた。

「いい加減で機械への苦手意識克服してくれません⁉　マザリィおばちゃまたちがこの会社に来て、もう二か月近いんですよ⁉　エルちゃんですらひと月ありゃコピー機ぐらいは使えるようになったんすからね使う必要ない時も使うけど‼」

「まあまあ、あまりきつく言ってあげないで、メイドさん」

やけに上機嫌なエルヴィナが、珍しくフォローを入れた。

「天界最強の女神であるこの私だからこそ、コピー機を己の手足のように使役できているのよ。格下の女神であるマザリィたちに同じ仕事を望むのは、酷というものだわ」

フォローではなかった。最強の女神は、その透き通った声音で天空の高みからマウントを取りに行っているだけだった。

「こいつはこいつでマウント取れるから後輩社員の成長を望んでない……‼」

頭を抱える詩亜。

コピー機も人間の手足のように使われる想定で設計されてはいないと思うが、エルヴィナはコピー機を使える（ただし用紙のセットとスタートボタンを押すことだけしかできない）ようになっただけで会社業務の全てを極めたようなドヤ顔をしているのだから困りものだ。

照魔《しょうま》はなおも健気《けなげ》にマザリィたちを優しく説得する。

「別にプログラム作業をして欲しいとかじゃなくて、マザリィさんたちの知恵を借りたいだけなんだ。メガクルに女神の情報をもう少し詳細に入力して、危険度をある程度分類できるようにしたい」

「女神の……わたくしたちの情報を、ですか？」

照魔は頷《うなず》き、横に座るエルヴィナに話を振る。

「たとえばほら、少し前に戦った六枚翼《エクストリーム》の女神……シェアメルトは結構な肩書きがあったよな、エルヴィナ？」

「無限追跡・強制友人認定型女神ね」

「そう、それ。ただでさえ強いのに、ましてや勝手に友達になった上にどこまでも追いかけてくるヤバい女神だ」

「都市伝説かな？」

白目になって呆《あき》れる詩亜。シェアメルトは高速で追跡してくるどころか空間を超越してまでストーカーしてくるので、大分話を盛られているだろう都市伝説でさえ及ばない恐怖の現実を突きつけてくる。

「そういう情報が細かく確認できたら、アプリを使う人たちも女神災害への考え方を変えていってくれるかなって思って」

戦いの当事者である照魔《しょうま》の言葉なので、重みがある。

普通の災害情報アプリにも同じことが言えるが、人間は結局、自分に被害が及ばない災害の情報はどうしても軽んじてしまうものだ。

地震や津波への注意を呼びかけるアラーム音もそうだ。どこかで大地震が起こった直後であればしっかりと気にかけはするものの、そのうちに慣れ、むしろ煩わしいと感じるようにさえなってしまう。

せっかく世界的に普及したメガクルも今のままでは同じ扱いになってしまうかもしれないし、むしろ女神災害の発生を素早く通知するせいで余計に戦闘現場に人を集めてしまっている可能性すらある。

そこで燐《りん》は、本腰を入れてアプリの強化に取り組もうと決めたのだった。

「社長の仰《おつしや》るとおり……メガクルで発信する情報に具体性を持たせることで、一般人に危機意識を促したいのです。それと過去に出現した敵性女神の情報をデータベースとして閲覧できるようにもしようかと」

たとえば照魔が人間界で初めて戦った蜘蛛《くも》の力を持つ女神……クモメガミは、二枚翼《エクサ》。分類は、斥候《せつこう》・破壊型女神。

そして備考欄にはこう書かれることだろう。

『尻から強力な糸を発射してくる女神』

この情報を見て傍に近づこうとする人間は、そうそういないだろう。

概要を聞いて納得したのか、マザリィはほっとした様子で頷《うなず》いた。

「なるほど……わたくしの叡智《えいち》を授けるのが協力になるのでしたら、喜んで」

しかし口調とは裏腹、思うところがあるような複雑な表情を浮かべている。

この提案に対するエルヴィナの要望は、一つだけだった。

「女神の一覧を作るのなら、私は一番にしなさい。ちゃんと最強って書いておくのよ」

「もちろんでございます、エルヴィナさま」

邪悪女神《ソディアクス》という立場をわざわざ明かす必要はないし、現在は力が半減しているという情報を記載する必要もない。

女神会社デュアルライブスに所属する女神エルヴィナは、最強の存在。

これは侵略に晒《さら》されている世界にとって、何よりも心強い情報となるはずだ。

「二つ目の作戦は何なの、照魔」

エルヴィナに促されても、しばらくは言い淀《よど》んで俯《うつむ》いていた照魔だったが……やがて意を決して立ち上がり、皆に向かって宣言した。

「女神との戦いだけど……絶対に見るなって言っても難しいだろう。だから、あえて見せる」

戦いを見ないよう禁止するだけでは反発が起きることは、火を見るよりも明らかだ。

それに自分たちの与《あずか》り知らぬところで世界の一大事たる侵略が行われ、それが人知れず阻止される毎日では、人々も不安になるだろう。

「俺たちの戦いをさっき見た映像みたいに記録して、動画サイトで公開したいんだ。……大丈夫か、エルヴィナ？」

事前に燐《りん》たちと話し合っていることとはいえ、これについては照魔《しょうま》自身まだ完全に納得できているわけではない。他にいい考えが浮かばなかったので、とりあえずこうするしかないと決めた事情がある。

まして何でもネットで発信することが当たり前の現代文化に慣れていないエルヴィナからすれば、何故自分の戦いをわざわざ世界中の人間に見せなければいけないのだと不服に思われて当然だと考えたのだが——

「構わないわよ」

あっさりと了承され、拍子抜けする照魔。

「その動画サイトというものは、私のスマホで観られるの？」

「スマホでも観られるし、お前の部屋にあるテレビでも設定すればいけるぞ」

「あっちの方が大きいわね……だったらそうしてちょうだい」

むしろエルヴィナは、自分自身でも配信される動画を観る気満々のようだ。

呆気《あっけ》に取られていたマザリィが、思わず口を挟んだ。

「エルヴィナ……よいのですか？」

「何が？」

「理屈はよくわかりませんが……先ほどわたくしたちが見たような映像を、この人間界の全域に発信するということなのでしょう？　つまり……あなたは進んで人間の見世物になると」

照魔が気をつけて言葉を選んだ質問を、マザリィはストレートにぶつけた形だ。

しかしそうまで言われても、エルヴィナの潔い面持ちにはいささかの翳《かげ》りも差さなかった。

「見世物……？　随分卑屈な言い方をするのね。この私が、全人類に私を見ることを許してあげる――これはそういうことよ」

「……相変わらず傲岸不遜《ごうがんふそん》な……」

マザリィは苦笑しながらも、エルヴィナの気概を前にして決心を固めたようだった。

「確かに、女神とは人間界を侵略する邪悪な存在――そのような誤解がはびこれば、人間たちの女神への崇拝が回復する日はさらに遠のくことでしょう」

楚々《そそ》と立ち上がったマザリィは、照魔に微笑《ほほえ》みかけた。

「この会社を初めて訪れ、面接を受けた日……わたくしたち神聖女神《セイヴァアリド》も矢面に立つと、あなた方に誓いましたものね。よいでしょう、最長老の名の下に、女神の姿を記録に収めることを許可いたしますわ」

マザリィたち神聖女神《セイヴァアリド》は天界の衰退の原因を人間だけに押しつけず、自分たち神々も人間から再び崇拝を得られる存在になるため努力していこうと考える穏健派。

女神についての正しい知識を広めようとすること、そして女神の姿を見たいと願う人間に危険が及ばないようにすること。

そんなデュアルライブスの計画を支援することは、人間界における自分たちの活動として最適なものだ。

「その代わり。わたくしの紹介文は一億文字ぐらい使って詳細に記載していただきますからね、うふふ」

「うふふじゃねえわたった一人の女神にラノベ一〇〇冊分ぐらいのクソ長紹介文垂れ流したら全人類がアプリ削除するわアホオオオオオオオオ!!」

マザリィはマザリィで自己主張が非常に強く、エルヴィナ以上に暴走することもままある。

詩亜《しあ》は先が思いやられるのか頭を抱えて突っ伏し、照魔《しょうま》と燐《りん》はひとまずほっとして微笑《ほほえ》んだ。

こうして照魔たちは、会社業務に新たな項目を加えた。

だがその一方で、人間界へ侵攻する邪悪女神《ゾディアクス》たちも着々と次なる策を進めているのだった。

○　●

神秘で広大な天界においても指折りの、峻厳《しゅんげん》な岩山の頂上にそびえる居城。

禍々《まがまが》しさと神々しさを等しく兼ね備えた紫水晶に似た輝きを放つ、邪悪女神《ゾディアクス》の本拠地たる大神殿。その中心にある会議場を目指し、静まり返った廊下を歩む女神がいた。

女神シェアメルト。邪悪女神《ゾディアクス》の頂点に立つ一二女神の一人にして、恋愛経験ゼロで『天界の恋愛博士』を自称する傑物だ。

二か月近く前に照魔たちの住む人間界へと進出したシェアメルトは、独自に調査を進めて多大な情報を天界に持ち帰った。

だがその一方で、力が半減しているエルヴィナと戦いを繰り広げ、痛み分けにしか終われなかった彼女を「敗残者」と見下している同僚がいるのも事実だった。

シェアメルトが足を止め、矢庭に双眸《そうぼう》を細めた次の瞬間。

耳をつんざくような爆裂音が廊下に響き、一瞬前までシェアメルトが立っていた場所に巨大なクレーターが出現していた。

クレーターの中心にはシェアメルトと入れ替わりで、銀の短髪が褐色の肌に映える女神——六枚翼《エクストリーム》の一人クリスロードが、左膝と右拳を床についていた。それどころか、右拳は手首まで床にめり込んでいる。クレーターを造り上げたのは、クリスロードの放った拳であった。

「フッ……騒がしいやつだ」

拳を床から引き抜き立ち上がるクリスロードの背後で、シェアメルトは退屈そうに腕組みをしていた。

攻撃の出鼻も回避の瞬間も、並の女神では目に捉えることすらできない刹那《せつな》の攻防だ。

クリスロードは茶目っ気たっぷりに頭を掻《か》きながら、シェアメルトを振り返った。

「あはははは、今のシェアメルトパイセンなら余裕でブッ殺せると思ったけど、ちょびっと失敗しちゃったっすねー!!」

「本気でそう思っているなら、もう少し奇襲の練習をしておけ。背後からフレンドリーに肩を叩いてくるのかと思って、ギリギリまで待ってしまったではないか」

両者ともに強がりを言っているのではない。

廊下の只中で確殺を期して鉄拳を放つ者、それを挨拶も同様にスルーする者。

これが邪悪女神《ゾディアクス》の日常であり、驚くに値しない。

会社勤めの人間で喩《たと》えれば、勤務先の廊下で同僚の背中を見かけたらワンチャンワンパンを狙いにいくようなものだ。

そんな溌剌《はつらつ》とした就労ができない人間という生き物は、女神にとってみればやはり下等生物ということなのだろう。

「先行ってるっすよー」

手を振り廊下を走っていくクリスロード。

シェアメルトはその背中へと余裕の微笑を送る。クリスロードは露骨に見下してきているようだが、己の強さに自信がある者は他者の評価など一顧だにしないのだ。

「駄目だなクリスロードはー。本気でブッ倒すつもりで攻撃してないもん」

今度は、別の女神がシェアメルトの背後に立っていた。

六枚翼《エクストリーム》の中でも特に幼い容貌の女神、ディスティムだ。

「まあ、そう言うな。私と友達になりたくてアピールに必死なのだろう……フッ、可愛いやつ」

「私はやるって決めたら本気でいくから、そん時はよろしくなー!!」

物騒なことを言い残し、ディスティムもクリスロードの後に続いていった。

見た目こそ幼い女神ではあるが、ディスティムはある意味エルヴィナ以上の戦闘狂。自分が戦いたいと決めたら敵味方も利害も状況も全て考慮せずにかかってくる危険人物だ。

「……お前も可愛いやつだ」

そんな危うい同僚もまとめて友達と断ずるストーカー特有の度量の巨大さを見せつつ、シェアメルトは到着した会議場の扉を開けた。

天球型の会議場。その広大な内部には壁一面に数多《あまた》の星々が刻まれており、中央付近には円柱形の椅子が上下左右不等間隔に一二脚浮かんでいる。

人間の世界でいうところの黄道一二星座のシンボルマークに似た紋様がそれぞれの椅子に描かれており、様々な色に光り輝いている。

輝きを失った乙女座の椅子を一瞥《いちべつ》しながら、シェアメルトは蟹座の紋様を刻まれた椅子に腰を下ろした。女神が座っている椅子は半分ほどだ。

先ほど一問着《もんちゃく》あったクリスロードに、ディスティム。

「もー、シェアちゃんたち何してたの、騒がしぃよぉ。一生静か《しーしー》にして☆」

そしてきゃわわなボイスで廊下での一幕を窘《たしな》める、小柄な女神。

カラフルなメッシュが入った桃色の長髪に、「くたばれ」をここまで愛らしく発声できる、完成された人造萌え声。天界最かわを自称するアイドル系女神・リィライザだ。

「うふふ、いいじゃない～、元気があって。むしろ最近の天界はみーんなおとなしすぎて、寂しいわぁ～」

天上天下に轟《とどろ》く超絶の巨乳と、火山が噴火するが如き勢いで母性を持て余すママみ全振り女神、プリマビウス。

「でもせめて、お城の中で戦うのはやめた方がいいと思うなぁ……」

一癖も二癖もある六枚翼《エクストリーム》の中では比較的常識人枠、和装のテイストを取り入れたような変わった女神装衣をまとう女神のハツネ。

「……またこの六人だけか。二か月前に集まった時と全く同じ顔ぶれではないか」

そう言って嘆息するシェアメルトも含め、全員が笑っている。

桁違いのドヤ顔をしている者、嫋《たお》やかに微笑《ほほえ》む者……六人六様ではあるが、誰もが自信に満ちた笑顔であることだけは同じだった。

裏を返せば、すぐにでも人間界を侵略する意志のある女神がこの面子《メンツ》だということになる。

他の六枚翼《エクストリーム》は、今後どう行動するかの話し合いにすら参加しないのだから。

「つまり私が人間界から持ち帰った情報を明かした会議から、もうすぐ二か月が経《た》つということだが……まだ次に行く者は決まっていないのか」

二か月——人間からすればそれなりに長い期間ではあるが、悠久の生命を持つ女神からすれば確かに瞬きほどの一瞬ではある。

とはいえ、シェアメルトはELEM《エレム》なる技術が具体的に人間界でどう使われているかも含め、多くの情報を天界に持ち帰った。女神の行動を制限する〝天界の意思〟に、人間界への侵攻の是非を認めさせるに足る——人間がいかに天界に害為す行いをしているかの決定的証拠をだ。

それを受けて二枚翼《エクサ》、四枚翼《エクシード》の進出はやや活発化した一方、肝心の六枚翼《エクストリーム》が誰一人動こうとしないのだから、シェアメルトが呆《あき》れるのは当たり前のことだった。

ハツネは苦笑しながら肩を竦《すく》めた。

「みんな慎重になってるんじゃないかな。シェアメルトが負けるくらいだもん、エルヴィナは全然弱くなんてなってないんだなって」

「つーかシェアメルトパイセンに急かされたくねーっす！　負けて逃げ帰ってきたくせに何でそんな余裕かましてんすか？」

六枚翼《エクストリーム》の中でも若輩なこともあって普段は周りを立てる後輩気質のクリスロードだが、強く出られると判断した相手には言いたい放題好き放題だ。体育会系の悪しき気質を発揮しているとも言える。

「フッ……」

挑発してても妙にニヤニヤしているシェアメルトを見て、むしろクリスロードの方が怪訝《けげん》な表情になる。

「な、何すか、にやけちゃって」

「いや、何……彼氏ナシの脳筋女神がイキっているかと思うと、目から笑い声が出ようというものだ」

「シェアメルトちゃん、大丈夫～？　頭」

確かに人間でいえば脳《あたま》と目は繋《つな》がっているが、それでもプリマビウスの心配はド直球過ぎた。

「えっ。もしかしてシェアメルト、人間界で彼氏できたの？　そんなの私たちに教えてくれなかったじゃない！」

「そうだよー、どうせ妄想だろうけど詳しく聞かせて～」

ハツネが心なしかわくわくした様子で、リィライザがかわゆい青筋をこめかみに立てながら問い質《ただ》す。

「へ～」

　ディスティムは何となくシェアメルトが言うことの察しがついているのか、楽しげに肩を揺らしている。

「お前たちを気遣って報告していなかったんだが……そんなに知りたければ仕方がないな!!」

　シェアメルトは椅子から腰を上げ、何もない宙に立った。そして壮大な演説をぶち上げるように諸手を広げる。

「エルヴィナの彼氏の少年を、私の彼氏にもしたのだ。まあ……愛人といったところか!!」

「「「「…………」」」」

　目を白黒させる、残りの五人。

　真っ先に沈黙を破り、腿《もも》を叩いて笑うクリスロード。

「あはははははは人間の愛人になって、んなウッキウキって！　落ちるところまで落ちたっすねえパイセン!!」

「お前はものを知らぬくせに声だけ大きいなクリスロード」

　そんな嘲笑《ちょうしょう》も心地よいとばかり、シェアメルトはさらに口角を吊り上げる。

「いいか……愛とは恋よりも強い、これは恋愛の常識だ。つまり……恋人より愛人の方が強いのだ!!」

「うぐっ……!?」

　自信満々に血迷ったことを宣言され、クリスロードたちに衝撃が走る。

算数が得意な照魔《しょうま》との戦いを経た影響で（?･）、シェアメルトはとてつもなく強引な証明式を苦もなく展開できるまでに成長していた。

「私はエルヴィナの恋人の少年を抱き締めてしまってなあ。いやあ可愛いものだよ、人間の男の子というのは……彼の高鳴る鼓動が私の胸に直《じか》に伝わってきたぞ」

トイレという安息の場所で背後からストーカー女にいきなり抱きつかれるという心霊現象を体験したのだ。照魔の心拍数が爆増するのは当然のことだが、無論そんな種明かしをシェアメルトがするはずもなかった。

それと身長差のせいで、シェアメルトの胸に当たっていたのは照魔の頭だ。

脳の血流音が脈動となって胸に伝わるほどであれば、照魔は大急ぎでＭＲＩに滑り込まなければならないだろう。

「「「「─────」」」」

五人の女神たちは湧き出る嫉妬と怒りを炎と変え、女神力《めがみりょく》を全身から噴き上がらせる。

その闘気は衝撃波となって城の外にまで拡散。川の水は蛇のようにうねって空を奔《はし》り、天界の各所に竜巻が発生した。

「いいなあー私も男の子ぎゅってしたいぞー」

「ね、すっごい気持ちいいもんね……」

戦いが全てと考えているようなディスティムも、邪悪女神《ゾディアクス》きっての常識人のハツネでさえ、彼氏は欲しい。

悠久の時を彼氏なしで過ごしてきた、女神の本能だった。

シェアメルトは羨《うらや》ましそうにしているディスティムとハツネへの優越感で何度も頷《うなず》いていたが、ふと何かが引っかかり二人へと向き直った。ちょうどこちらを見てきたハツネと目が合う。

いや、聞き間違いだろう。シェアメルトはすぐにかぶりを振って気を取り直した。

「哀れなお前たちにもう一つ、いいことを教えてやろう。エルヴィナの恋人の少年……彼は普通の人間であることに間違いはないが、実は元々我ら女神と浅からぬ縁があったようなのだ」

「……？　どゆこと？」

カワイイを研究し続けた者のみができる甘ったるい仕草で首を傾《かし》げるリィライザ。

「昔から噂になっていただろう。数年前、お忍びで人間界に出かけ、人間の男とイチャイチャして帰ってきたけしからん女神がいると。それはどうやら作り話ではないらしい」

まさに以前、ここでその話題を出したことがあるディスティムが、眉をピクリと震わせた。

「────少年……創条《そうじょう》照魔という名のエルヴィナの恋人は、数年前に六枚の翼を持つ女神に出逢《であ》い、そして恋をしたと言っていた」

五人の女神たちの驚愕《きょうがく》の視線が、一斉にシェアメルトに注がれる。

「ちょっと待って、そのことを男の子は」

慌てて聞き質《ただ》すハツネの言葉を食い気味に遮《さえぎ》って、シェアメルトは捲《まく》し立てる。

「そう！　覚えていた。人間界で過ごした女神も、その女神と接触した人間も、ともに記憶を失うのが掟《おきて》であったにもかかわらず——だ」

「そっか……覚えてるんだ……」

前例がないことを前に昂揚《こうよう》が隠せないのか、ハツネは満面の笑みを浮かべてそう呟《つぶや》いた。

「まあ、人間界へ赴いてきた私がそうであるように、女神の使命として認められた【神略】は例外となったようだが……数年前にあの人間界が【神略】を受けた形跡は無かったからな」

【神略】——ただの襲撃ではなく、最上級女神が自身の持つ能力を最大に発揮して人間界を支配しようと臨む、神々の裁きをそう呼ぶ。

シェアメルトは照魔《しょうま》たちの世界に【神略】を行使し、それを彼らに阻止された形だ。

「少年はその初恋の女神がエルヴィナであるという確証が無いままつき合っている——私たち一二人の六枚翼《エクストリーム》の誰もが、少年の初恋の女神である可能性があるというわけだ」

クリスロードは思わずおおっと叫び、拳を握り締めた。

「つまりうちら邪悪女神十二神《ゾディアクス》には、その少年を好きにする権利があるってわけっすね!!」

「そういうことだ」

不敵に笑うシェアメルト。

まったくそういうことにはならないが、この場に当人がいないのをいいことに世にもおぞましい認識が共有されてゆく。

「それ教えてくれたお礼に、今だけはシェアメルトのこと彼氏持ちって認めてやるよー!!」

ディスティムは嬉しそうに足をブラブラさせながら、シェアメルトへとサムズアップを送る。

「認められずとも少年は私の彼氏だが……まあお前の友情はありがたく受け取っておこう」

いかなる皮肉も敵意も悪意もすべて友情に変換して受け止める――シェアメルトはある意味現存する錬金術師と言っても過言ではなかった。

プリマビウスは紅潮した頬《ほお》に手を添えながら微笑《ほほえ》む。

「何より今はエルヴィナちゃんとラブラブっていうのが最高だわ〜、その男の子を目の前で奪っちゃったらエルヴィナちゃん、すごくいい顔してくれそう〜」

「そうだ……ね……？」

言葉の最初だけ聞いて一瞬同意しかけるも、すぐ「え」という真顔になるハツネ。

「エルちのお下がりなのは微妙《びみょ》いけど、リィたち女神がちゃあんと触れる男の子って貴重だねっ。あ、恋愛博士（笑）のシェアちゃんの体験談は、話半分に聞いとくね」

うきうきで喧嘩《けんか》を売ってくるリィライザに、シェアメルトも微笑のまま反論する。

「ほう、お下がりは嫌か、リィライザ。女神《おんな》との交際経験を経て円熟した小学生《オトコ》の良さもわからぬとは、お前は頭の中まできゃわわがはびこっているらしい」

すっかり照魔《しょうま》を愛人扱いしているシェアメルトは、言葉にも余裕が滲《にじ》んでいる。

リィライザとシェアメルトは笑顔のまま視線をぶつけ合い、その余波で城の外では局所的な豪雪が発生していた。

「まあまあ、とにかく……これで私たちの目標が、また増えたねっ！」

ハツネの言葉を合図に、シェアメルトを除く五人も一斉に立ち上がり、薄闇の中で双眸《そうぼう》を激しく発光させた。

『『『『『その少年を、我がものに――――!!』』』』』

新たな目的が、女神たちの胸に炎となって燃える。

たかが一つの人間界の征服など造作もなきこと――できて当たり前のこと。自然、モチベーションも低かった。

だが思いがけず「副賞」の存在を知り、最強の六枚翼《エクストリーム》たちはやる気を漲《みなぎ》らせる。

創条《そうじょう》照魔は、世界への侵略だけでなく、餓《う》えた狼のように目を血走らせる独り身のお姉さんたちにも立ち向かわなければならなくなってしまったのだった。

そしてその中で一際《ひときわ》自信たっぷりに微笑《ほほえ》んでいる女神こそ、リィライザであった。

周囲にはさも何もしていない素振りを見せている彼女だったが、その実態は――

CHARACTER

マザリィ

役職：女神（四枚翼）／最長老

女神真名

「断崖よりの落下、深水への沈降、なお仰ぐ黄昏」

天界の最長老にして神聖女神の長。
あらゆる秘術を使いこなす賢者で、先の女神大戦の暫定勝者。
本来なら全ての女神の規範となるべき存在だが、
欲望を隠しきれず暴走することがままある。

MYTH：2 それぞれの成長

女神会社デュアルライブスが動画サイトの自社チャンネルに動画を載せ始めてから、数日が経過。

その日の午後の定例会議も終わったところで、照魔《しょうま》、エルヴィナ、燐《りん》、詩亜《しあ》は投稿した動画への世界からの反応を確認することにした。

会議室のモニターに動画サイトを表示し、デュアルライブスのチャンネルに移動する。早速詩亜が声を弾ませた。

「おぉ～いい感じに動画の再生数伸びてますよ、照魔さま!!」

女神災害に立ち向かう人間の姿を収めた動画――世界的に注目されている事柄だとはいえ、平均して一〇〇〇万再生超えはかなりの成果だといえる。

ただし一番最初に投稿された社長のお固い挨拶動画や、途中に挟まれた避難の大切さなどの啓蒙動画はほとんど再生されておらず、たくさん観られているのはディーギアス同士での大迫力の戦闘映像ばかり。これは要改善点だ。

加えて、その戦闘映像についても照魔には気にかかることがある。動画に広告がついていることだ。

「再生数伸びるのはいいことだけど……。俺たちの戦いの動画で収益得るっていうのも、何か抵抗が……」

戦闘動画に広告をつける――倫理的に問題とまでは言わないが、何かいけないことをしているように感じてしまうのだ。

燐は恭《うやうや》しく一礼し、主人の憂いを払拭すべく説明する。

「お察し致します。ですが元より我が社の性質上、いわゆるスポンサード料は経営と切っても切り離せません。社員も増えたことですし、収益に対してはドライに、そして真摯《しんし》に向き合っていくべきかと思います」

「増えただけで何もしてねーんすけどね……」

マザリィたちに思うところはあるものの、詩亜も同意見のようだ。

確かに女神会社デュアルライブスは、女神との戦いが最重要業務。とはいえ、傭兵のように一回の戦闘につきいくら、という稼ぎを得ているわけではない。

政府や各国から依頼料という形で援助を受けることもあるが、自社アプリや公式チャンネルの広告など様々な形で利益を出していくことは会社組織として当然のこと。

この先の会社経営で急に何が起こるかわからない。活動資金はたくさん得ておくに越したことはないのだ。

照魔《しょうま》は燐《りん》の提言に頷《うなず》き、考えを改めた。

「……そうだな、お金はちゃんと稼がなきゃ。いつまで経《た》っても母上に頼ることになってしまう」

状況が全く違うとはいえ、創条《そうじょう》家の掟《おきて》に従い裸一貫から大会社を興した母に比べて、自分はまだまだ経営者としては未熟だ。燐や詩亜《しあ》には、経理の面でもかなり負担をかけている。

不意にしんみりとした雰囲気になってしまったが——

「見え方が微妙ね。私がルシハーデスを構えている時は、真正面から……銃口がしっかり映るようにしてちょうだい」

経営にミリも興味のない従業員の一人は会話に交ざることなく、戦闘映像のカメラアングルに駄目出しをしていた。

スルーしつつもげんなりしながら、詩亜が動画のチェックを進める。

「あれっ、一つだけ四億再生もされてる動画あるんすけど!?」

詩亜に言われて皆で確認すると、確かに一つだけ、桁数がバグったような動画があった。

【社員紹介⑤　エクストリーム＝メサイア】

それが動画タイトルだ。再生をすると、画面に唐突に紅い球体が出現した。

〈我が名はエクストリーム＝メサイア……この会社の受付嬢だ。アポイントがある者は、我の座するエントランスを訪れるがいい〉

ビーチボールに油性ペンで落書きをしたようなフォルムのおもしろ生物が、外注で大御所声優にアフレコを頼んだようないい声で会社紹介をしている。

そんな動画が、数々の戦闘映像を差し置いてチャンネル再生数トップを獲得していた。

「だ、大人気だなエクス鳥《とり》さん……」

何と言っていいかわからず、とりあえず賞賛する照魔。

関連動画には、可愛いにゃんこ動画などがひしめいている。

太古の昔から天界の門番を務めてきた気高き存在は、動画サイトのＡＩによってどんなカテゴリに振り分けられてしまったのだろうか……。

○　●

明くる日の昼休み。
ライトタワー二四階——初めて訪れる『特殊トレーニングルーム』にエルヴィナと二人で足を踏み入れた照魔は、感心して思わず周囲を見渡した。

体育館ほどの広さがあるが、ジムのような運動機器は設置されていない。というより本当に何もない部屋で、それが逆に新鮮だった。

「このビル、こんな部屋もあったんだな……」

「空いている部屋をいくつか好きに使っていいとあなたに言われたから、制作を燐《りん》に頼んでおいたのよ。ダメだった?」

「いや、会社のビルに福利厚生施設が充実するのはいいことだ」

このトレーニングルームは都合、五部屋分を一つにまとめて作られている。

何も設備はない部屋だが、特徴が一点ある。分厚い壁で覆われているのだ。

照魔《しょうま》の屋敷を初めて訪れた時にエルヴィナがデモンストレーションで握り砕いた焼結ダイヤのように、ELEM《エレム》を用いて合成された特殊な金属やコンクリートで天地四方を入念に固められている。

ダイヤと違うのは、その柔軟性だ。極端に硬度にだけ特化した物質ではエルヴィナと照魔が訓練に使うのには適していない。延性と剛性がバランスよく備わった建材でなければ、耐久性に不安が残る。

特殊合金であれば、意識して破壊しようとしない限りはある程度保つというわけだ。

「それじゃよろしく頼む、エルヴィナ」

「ええ、訓練とは思わずに全力を尽くしなさい」

今日の特訓を申し出たのは照魔だった。

自分たちの戦いを多くの人に見られる覚悟を決めた以上、できる限り苦戦しているところを晒《さら》して不安を与えたくない。

前々から抱いていた強くなりたいという思いが、さらに強まった。

ヤバさは強さだと、女神は言う。

では、ヤバさとは何か。考えても答えが見つからない以上、ヤバい女神との戦いの中でそれを求め探すことにした。

「いくわよ」

エルヴィナは手の平の上に、黄色い菱形《ひしがた》の光を練り上げた。

宝石のように輝くその光を床に落とすと、そこから生命の樹を思わせるような光輝く柱――魔眩樹《まどうじゅせ》が迫り上がってくる。

二人は向き合いながら光の柱に手を差し入れ、それぞれの武装を手に取った。

「ディーアムド、ルシハーデス」

「ディーアムド……オーバージェネシス」

途端、柳眉《りゅうび》を顰《ひそ》めて照魔を睨《にら》むエルヴィナ。

「声が小さいわよ、照魔」

「え？」

唐突な駄目出しを受け、照魔《しょうま》は手にした大剣を取り落としそうになった。

「気合いが足りないわ。それでこれから私とやり合うつもり?」

「エルヴィナだって、大声で叫んではいないじゃないか」

「私は普段から大声を出していないわ。あなたはツッコミとかでは元気に叫んでいるのに、戦いの時にはお行儀をよくするつもり?」

別に戦闘中にお行儀をよくしているつもりはないが、平時の方が元気がいいぞと言われるのは確かにちょっと問題かもしれない。

「もっと元気よく、はきはきと喋りなさい。その方が私の耳にも心地いいわ」

「……?　わかった……!」

厳しい教官に早くも減点を受けてしまったが、照魔は気を取り直す。

オーバージェネシスの刀身に蒼《あお》いラインが脈動し、ルシハーデスの銃身に紅いラインが疾走する。

互いに武装を第二神化《フェイズツー》に強化して、特訓の火蓋は切って落とされた。

エルヴィナは照魔目掛けて躊躇《ちゅうちょ》なく二挺《ちょう》のルシハーデスを照準し、左右同時にトリガーを引いた。

驟雨《しゅうう》のように襲い来る紅い魔眩光弾《まどうこうだん》。照魔はオーバージェネシスを我武者羅《がむしゃら》に振り下ろし、それを斬り捌《さば》いていく。

「ッ……!!」

普段隣で見ているエルヴィナの銃撃と比べて弾速が遅く、弾も小さい。明らかに手加減をされているのがわかるが、それでもとてつもない衝撃が手に伝わってくる。

照魔の周囲で、斬り散らされた弾丸が次々に爆発していく。

それをどのぐらいの時間、続けただろう。受ける側にとっては数時間も続いているように思える、激しい銃撃がひと段落する。

肩で息をする照魔の眼前に、濛々《もうもう》と立ち込める爆煙を突き破ってエルヴィナが迫撃してきた。

「!!」

そして二挺拳銃を手にしたまま、照魔に猛攻を仕掛けてくる。

シェアメルトとの戦いで見せた肉弾戦闘だ。

それにしても拳銃で大剣相手に殴りかかってくるとは、何と自由な発想だろうか。こういう臨機応変な戦法は、照魔もどんどん見習っていくべきだろう。

頭上から槌《つち》のように銃身が振り下ろされる。それに気を取られていると、下から蹴りが放たれてくる。

どう戦えばいいか見当もつかず、照魔はとにかく「迫っている」と知覚できた攻撃から順に捌いていく。

無言のまま攻防が続く。今度もまた、ひたすらに長く感じる。

しかし、どこか心地いい。

いつしか照魔《しょうま》は、エルヴィナの手を取ってダンスをしているかのような錯覚に陥った。

多彩な攻撃を仕掛けている側のエルヴィナは、真っ正面から照魔を見据え続ける。

その透き通った瞳に吸い込まれてしまいそうで、照魔は思わず目を逸《そ》らす。

集中力が切れたせいで、左のルシハーデスの銃把《じゅうは》が脇腹に直撃した。

「んぐっ!!」

床を転がった後、脇腹を押さえながら立ち上がる照魔。

ルシハーデスを空中に置き、エルヴィナはつかつかと照魔に近づいた。

そして彼の頬《ほお》を、両の手の平でむにゅっと挟み込む。

「ふいっ!?」

「……何故私から目を逸らすの。手を抜いているの？」

「ひゃんと見てるよ！　全力でひゃってる!!」

「だったら私の手をどけてみなさい……これも訓練よ」

照魔はエルヴィナの両手首を摑《つか》んで引き剝《は》がそうとするが、ビクともしない。

——重い。万力で固定されているかのようだ。

決して解放しないぞという、絶対に離さんぞという、力を超えた情念のようなものを感じなくもないが……とにかく凄《すさ》まじいパワーだ。

「……駄目だ、降参だ！ 俺の力じゃ外せない……!!」

照魔が観念してもエルヴィナは頬から両手を離そうとせず、それどころかむにむにと捏《こ》ねてきた。

「もいっ!?」

「何を甘えたことを言っているの？ 降参なんて認めないわ……自力で脱出するまで何百年でもこのままよ」

「尺度が人間界と違い過ぎる!!」

「拳でも蹴りでもいい、思い切り叩き込んで私の拘束を脱してみなさい」

「できない、そんなこと!!」

たとえ世界を護る戦いであっても、女性を――女神を直接殴るのは避けたい。照魔にも自分に課した一線はある。

エルヴィナは照魔の顔を掴んだまま、自分の眼前に引き寄せた。

互いの吐息が触れ合う距離で放たれたのは、白々とした侮蔑だった。

「――あなた、何のために訓練を申し出たの？ 私とお遊戯をするため？」

「……!!」

ぐうの音も出ない正論だ。特訓を頼んでおいて相手の身を案じるなど、失礼にも程がある。

そこまで言われては死に物狂いでやるしかない。照魔は拳を握り締めた。

「いくぞ……！」

「元気が足りない、やる気もない——。本当にあなたはどうして**ひゃあああああああああああああん!?**」

不動の拘束が今、解き放たれる。

気のせいでなければ、やけに元気で気合いの入った甲高《かんだか》い声が響いた。

照魔《しょうま》はエルヴィナから飛《と》び退《すさ》り、ガッツポーズを取った。

「やった、脱出成功だっ!!」

無邪気に快哉《かいさい》を上げる照魔と裏腹に、エルヴィナは啞然《あぜん》としながら自身の身体《からだ》を搔《か》き抱いている。

照魔はエルヴィナの腋《わき》に両手を差し入れ、全力でくすぐったのだ。

咄嗟《とっさ》にこういう悪戯《いたずら》めいた奇襲を思いつくあたり、紳士としての手ほどきを受けているとはいえまだまだ小学生だった。

エルヴィナはわざとらしく咳払いし、

「……今のは私も油断していたとはいえ、事前に察知できなかった。なかなかの動きよ、照魔」

「ほんとか!!」

「ええ、信じられないならもう一度ちゃんと試してもい——」

その時、手足をプロランナーめいた勢いでストライドさせながら、詩亜《しあ》が突っ走ってきた。

「ん照魔《しょうま》さまーあ、ついでにエルちゃんー、午後の会議のお時間ですーっ!!」

そして、エルヴィナから照魔を庇《かば》うように二人の間に滑り込む。

「……そう。二時間ほど沐浴《もくよく》してから向かうわ」

「今から会議だっつったのが聞こえなかったんすかおぉ!?」

「それじゃ、俺先に行ってるから!」

エルヴィナから一本取って浮かれている照魔は、一人だけで足早に部屋を後にした。

その小さな背中を見送った後、詩亜《しあ》は品のある笑顔から無頼のガンつけに瞬間変身する。

「いきなり雌《メス》づいた声出しやがって照魔さまに本日第二次性徴迎えさせる気か、ああ!?」

「相変わらず突然意味不明な絡み方をしてくるわね」

詩亜はエルヴィナの胸を指差し、ヤンキー声のトーンをさらに落とした。

「……で、どうだったん。教えろや、照魔さまにおっぱいさわさわされてどうだったんやああああああああ!!」

「む、胸ではないわ……腋《わき》の下よ」

「あ、今ちょっと動揺したっしょ!　ちっくしょう詩亜も照魔さまに不意打ちで触られたーい!!」

こういう時にノリのいい返しを期待できるエルヴィナではない。

詩亜は気を取り直すように大仰《おおぎょう》に溜息をついた。

「てかさー、照魔さまのことばっか責めてますけど……詩亜的にはエルちゃんだって短所はあると思いますけど？」

「……盗み聞きまでしていたの」

「メイドの通常業務ですのでー」

「それはともかく、私に短所があるというのは聞き流せないわね」

むっとしているエルヴィナをジト目で睨《にら》み返し、詩亜はなおも続ける。

「だからそーいうとこっすわ。人間の女の子に比べて全っ然真面目すぎますし。男の子からしたら、融通の利かない遊び心ナシナシ娘《こ》って一緒にいてつまんない典型じゃないっすかね」

エルヴィナは一瞬肩を震わせたものの、毅然と反論した。

「……女神は完璧な存在よ。完璧は孤高——人間に理解できない存在であるのは仕方のないことだわ」

「相変わらずすっげえ傲慢《ごうまん》ちん……。照魔さまにヤバくなれとか無茶振りすんなら、エルちゃんは逆にもう少し肩の力抜けってんですよ」

ぷりぷりと全身で怒りを表現しながら、詩亜は小走りで立ち去り、照魔の後を追う。

「…………一緒にいて、つまらない……」

誰もいなくなった広い訓練場の只中。完璧で孤高な女神は、その気高い眼差しを力無く床に落とした。

○　●

邪悪女神《ゾディアクス》の居城では、女神の位の高さに応じた私用の部屋が与えられる。

六枚翼《エクストリーム》である女神リィライザの私室ともなると、明らかに持て余していそうなレベルで広大だ。ゆうに野球のスタジアムほどの敷地面積はあろうか。

広さだけではなく、外観も特殊だ。天球の会議場のような妖しい神々しさはそこにはなく、壁にも床にも、色とりどり……というか、絵の具を何色もぶちまけたようなカオスな色彩がちりばめられている。ものの一〇分座っているだけで眼精疲労必至の空間だった。

その私室の中心で、リィライザは演舞《おど》っていた。

そして少し離れた場所で、十人の四枚翼《エクシード》の女神たちが立ち並び、それを見つめている。

「こぉぉぉぉぉぉ……」

普段のきゃわわな萌え声からはほど遠い、野太く低《ひ》っくい声の呼気が部屋に木霊《こだま》する。

ゆっくりと腕を旋回させ——

「覇《ハ》ッツ」

両の人差し指で頬《ほお》を差し、かわゆく首を傾《かし》げる。真顔で。

その状態をしばしキープした後、筋肉の軋《きし》み音さえ聞こえそうな緩やかな動作で全身を駆動させてゆく。

続けて人差し指と中指の角度・位置を、ミクロどころか分子サイズのレベルで微調整しながら、

「吩《フン》ッッ」

額の前で今こそ決めろ、横ピース。やはり真顔だ。

リィライザはまるで空手家が鍛え磨いた技の『型』を確認していくように、一つ一つのあざとい仕草を順番に披露してゆく。

可愛いはこうして創る。カワイイはこうして繰り出す。

もう六時間はぶっ通しで続いている天界最かわたる演舞を、彼女の部下の女神たちは身じろぎ一つせずに見つめていた。

これはあくまでリィライザの私的なトレーニングに過ぎないが、可愛いを目指す女神たちにとってこれほどありがたい講義は他にない。

部下の女神たちは、リィライザの動きをひたすらに心のノートへとスケッチしていった。

「すごおおぉぉぉ……」

最後にまた一度、濃く太い呼気を吐き出すリィライザ。若干、怪獣が破壊光線を吐く時のような重厚な音が漏れている。

「────おまたせ～！　みんな、会議しよっ☆」

華麗にターンし、突然のスイッチ。

天界にこの萌え声ありと謳《うた》われた、甘ったるいボイスが放たれる。このテンションの落差でひいた風邪は長引きそうだ。

部下の女神たちは一斉に礼をし、部屋の隅に設置された大きなテーブルへと向かった。

コの字型に配置されたテーブルの上座にリィライザが可愛く着席し、部下たちが長辺席に分かれて腰を下ろしてゆく。

「じゃ、会議よろよろー」

頼んでいるのかふらついているのか判別しがたい特殊なコールで、会議の始まりを告げるリィライザ。

彼女の軽薄な口ぶりとは真逆に、部下の四枚翼《エクシード》の女神たちはやけに固い口調で報告を始める。

「はっ。『目標の人間界』での調査結果を報告します。まず……やはり女神そのものへの崇拝は芳《かんば》しくありません。……むしろ……」

その先を言い淀《よど》む部下の女神。

尻から糸を発射したり「カマァー」とか言いながら練り歩く様を見せつけられては無理もないが、人間からの女神への印象は日々悪くなる一方だからだ。照魔《しょうま》の苦労も報われない。

「ダメダメだょね。女神がみーんな、リィの足元にくらいは及ぶかわぃさだったら、こんなことにはならなかったのに～」

　そんな現状を萌笑《わら》い飛ばし、喝を入れるリィライザ。

　そこには口先だけではなく「最かわ」たる努力を惜しまない彼女だからこその、絶対の自信が滲《にじ》んでいた。リィライザを頼もしげに見つめながら、部下の女神たちは報告を続ける。

「そんな中、人間界で今一番ホットな存在……それはやはり、エルヴィナとそのパートナーの少年です」

「きゃっつらは我ら女神の制裁を阻止することで、人間たちから盤石《ばんじゃく》の支持を獲得しているようです」

　襲撃や侵略を制裁と断じる傲慢《ごうまん》さこそあれ、部下の女神は照魔たちの脅威を殊更に強調して報告した。

「しゃーなしだね。んでんで、他に人気なのは？　エルちのいる人間界って今、何流行ってるの～？」

　リィライザの言葉に頷《うなず》き、部下の女神たちは顔つきを引き締める。

「多くの人間の賞賛を受ける存在……それはやはり、アイドルです。ですが、人間界のそれは種類が多岐にわたります」

「まずは正しくルックスや歌声で魅せる王道の三次元アイドル。アニメなるエンタメとの相乗効果で二・五次元的な人気を獲得する、アイドル女性声優。そして、原理は不明ですが二次元存在の現身《うつしみ》を用意し、それに自らを憑依《ひょうい》させて発信する……バーチャルアイドルと呼ばれる存在」

「おおよそこれらが、女神の人気とバッティングする者たちかと思われます」

リィライザはにこにこしながら頷《うなず》き、人間界の現状を嚙《か》み砕く。

「うんうん……次元を隔てて棲《す》み分けぉしてるってことかぁ。人間もやるじゃん☆」

「現在、人間界における女神の崇拝度・知名度は、『デビュー間もないが何かのきっかけでちょっと名前が知れ渡った各分野のアイドル』と同等のものです」

「……実際に、駆け出しの女性声優をして『俺らの女神』などと呼称する男性を、斥候《せっこう》の女神が幾度と目撃しております」

精確な分析を下す部下の女神たち。それを聞いては、他の女神も声を荒らげずにはいられなかった。

「女性声優が女神だと!?　そやつらは幾千幾万年の時を生きた我らと同等に、人間に崇拝されていると!!」

「しかも私の調べでは、その女性声優とやらの中には、半永久的に少女の年齢を保ち続ける者も存在するらしい」

「馬鹿な！　ただの人間が、我ら女神と同じく永遠の若さ、恒久の生命を獲得しているというのか!?」

情報を完全に共有できていなかったらしく、部下の女神たちは各々の持ち寄った情報に翻弄《ほんろう》されている。

「それが本当だとすれば……いったいどんな禁術を使用したというのだ!!」

「おのれ女性声優……！　こしゃくなやつらよ」

「女性声優は神に仇《あだ》なす存在として、即刻葬り去るべきだ!!」

天上の神々が女性声優を脅威と認識し、真顔で議論を繰り広げる、凄《すさ》まじい光景が展開されていた。

だが――人間風情《ふぜい》に動揺するのは『可愛くない』。

「ハイハイハイハイ落ち着いてー。報告ご苦労様、リィの方針決ーまった」

リィライザはあざとく両手を振り、精神的にも未熟な部下たちを諌《いさ》めた。

「おお、ではリィライザ様御《おん》自ら女性声優に!?」

「そっちじゃなーい。あ、でも、やることには含まれてるかもょ？」

リィライザは飛び跳ねるように席を立つと、手の平の上に薄い板状の何かを浮遊させた。

「これが、人間が『きゃわわ』の発信のために使ってる道具かあ」

それは、部下たちが人間界から資料として持ち帰った『堕落の証拠品』。

スマートフォンだった。

人間界の物質を天界に持ち帰る――本来であれば天界の規律に外れ、許されない行為だ。

しかし人間の叛逆《はんぎゃく》の証拠という建前を用意すれば、かくもあっさりと認められてしまっている。

校則を厳しくすればするほど、生徒たちが抜け道を探すのに腐心するように。

邪悪女神《ゾディアクス》たちは、天界のルールを破る方法を編み出すことを楽しんですらいるようだった。

「人間ってホントお馬鹿ちゃんだよね」

リィライザはスマートフォンを手の平の上で回転させながら、薄く笑みを浮かべた。

可愛さだけでは覆い隠しきれない、邪悪な意思をこぼしながら。


「――――こんなおあつらえの催眠装置、自分たちで形成《つく》っちゃってるんだもん♡」

邪悪なるアイドル女神――リィライザ、征《ゆ》く。

○●

メイドの昼休みは儚《はかな》い。

創条《そうじょう》家への玉の輿を狙っている照魔《しょうま》の専属メイド・恵雲詩亜《えくもしあ》は、自己研鑽《けんさん》に余暇の大半を費やすため、休憩時間が非常に短かった。

昼食は自家栽培しているダイエット食品「詩亜チード」をモグるのみで済ませる。一人での移動時はできるだけエレベーターを使わず、休憩フロアから十数階下に位置するオフィスへも階段を使って戻る。

ほんの少しの努力の積み重ねが、そろそろ二次性徴を迎え始めるであろう男の子にクリティカルな見た目のお姉さんを造り上げる――そう信じている。

涙ぐましくする節制、波を捉えて進むぜＳｅｔ Ｓａｉｌ.

心の中で小気味よくリリックを奏でて己を鼓舞しながら、創条家の財産という名の宝島を目指して大海原を突き進む毎日だ。

だが最近、人間が努力するだけでは届かない超常の存在が、詩亜の人生の航路に立ちはだかってきたのだった。

「メイドさん」

「んわびっくりした神出鬼没ゥ!!」

廊下の曲がり角からその超常存在、エルヴィナが進み出てきた。江戸っ子のくしゃみのような粋な驚き方をしながら仰《の》け反《ぞ》る詩亜。

僅か一歩の歩みで、エルヴィナの煌《きら》びやかな蒼《あお》き長髪が宙に躍る。

まさに万の努力を一の天賦《てんぷ》で粉砕する美しさであった。

自分を一目見ただけで悔しそうに歯噛《はが》みする詩亜の様子には気を留めず、エルヴィナは前置きもなく要望を伝えてきた。

「新しい服が欲しいのだけれど」

「はいはい服すか……」

こうしてエルヴィナに唐突にお願いをされるのが詩亜《しあ》の日常になってきている。しかし照《しょう》魔《ま》のメイドとして、彼女の要望を無碍《むげ》にするわけにはいかない。

恵雲《えくも》詩亜はカチューシャからブーツの先までプロ意識の塊だった。

「ほいで、今度はどんなキメッキキメなやつをご所望ですかい」

「キメッキメじゃなくていいわ、ユルッユルで」

「……はえ?」

「だらけたいのよ。だらける時に着る服が欲しいわ……確か、ジャージというものとか」

一瞬何を言っているのかと訝《いぶか》しむ詩亜だったが、程なくその理由に思い至った。

真面目すぎる、遊び心がなくてつまらない、肩の力を抜け。

数日前、何の気なしに詩亜が言ったことだ。

「へぇ〜可愛いとこあるじゃないですか。詩亜の言ったこと気にしてたんすか?」

「女神は基本的にみんな可愛いわ」

「それをセルフで口走れるのが羨《うらや》ましいわ……」

軽妙な言葉の応酬の中に、詩亜の本心が透ける。

可愛くて当然の存在——女神とは、何とずるい生き物なのかと。

「でもエルちゃん、だらける時に着るのがジャージってよく知ってますね」

本来はだらける用途の服装ではないが、家で着る時はそういう連想をする人も多い。エルヴィナがその連想をするに至ったきっかけは、本人の口からすぐに語られた。

「動画サイトにあった動画で見かけたわ……ジャージを着てだらけている女を。それであなたのことを思い出したのよ」

「え、どうして詩亜を……？」

「以前、私と照魔がデートする時の服を選んだ時、あなた言っていたじゃない。『いいジャージを知っている』って。私と照魔がデートする時の」

「エルちゃんて記憶力はイケてるすなあ……でもナチュラルに煽《あお》ってくる癖はよくないと思うゾ☆」

こめかみビキビキビッキーでも愛想笑いだけは忘れない、メイドの鉄のプロ意識が光る。

「家でだらけるために着るジャージ……今の私にはそれが必要なのよ」

「あんまネットの動画に影響されるのもよくないと思うけど、自分から色んなファッションのこと知っていくのはいいことですねっ」

エルヴィナとは犬猿の仲とはいえ、詩亜も一人の女の子だ。

ファッションに無頓着だった女の子が少しずつ興味を持っていく様は、見ていて喜ばしくもある。その相談を自分にされるのも、素直に嬉しい。

そうして相談されたファッションが、ジャージだというのはともかくとして。

「確かに詩亜《しあ》、いいジャージは知ってますけど……だらけ部屋着として使うのなら話は別です。屋敷に帰るまで待っててください、部屋着ジャージの真骨頂をお目にかけますから」

そしてその日の業務が終わり、燐《りん》の運転で照魔《しょうま》と一緒に詩亜とエルヴィナも創条《そうじょう》家別邸へと帰宅。

エルヴィナは、指定された時刻に詩亜の私室に案内された。

詩亜の部屋は使用人用だけあってエルヴィナの部屋より狭くはあるが、それでも四〇帖《じょう》ほどはあるだろうか。

分厚い本がみっちり並んだ本棚など、エルヴィナの部屋にはない家具。さらに美顔器に加湿器などの家電製品も多く、簡単な運動器具も整理して置かれていた。何よりたくさんのぬいぐるみがそこかしこに配置されている。

エルヴィナが入念にそれらを観察している間に、詩亜が一着の服を手に歩み寄ってきた。

「はいエルちゃん、ご所望のブツですよー」

赤いジャージだ。早速受け取ろうと手を差し出したエルヴィナは、違和感を覚えて手を止めた。

「………？　新品ではないようだけど……」

「そりゃそうですよ、詩亜が高校の頃着てたジャージですもん」

新品ではないどころか、かなり着古されたものだ。所々生地がテッカテカになっている。

「女神の私に、人間のお下がりを着ろというの？」

「はぁ、お下がりは嫌すか、エルちゃん」

「当然でしょう」

こうして反発を受けるのは詩亜にも予想できた。お金の節約をする必要などないのだから、新しいジャージを渡せば文句も出ずに楽なのは最初からわかりきっている。

しかし照魔の専属メイドとして、手抜きをすることはプライドが許さない。これが詩亜の導き出した最適解だった。

「いいですかエルちゃん。家でだらけるためのジャージはこれでいいんです……いいえ、これがいいんです。リクエストどおりですよ」

「これが……だらけるためのジャージだというの？」

「わざわざ新品買ってどうするんです！　部屋着を見繕うのすらめんどくて、社会人になってから学生時代のジャージを着回す……それこそがだらけの真骨頂！　それが別の誰かのお下がりなら一層ポイント高《たけ》ぇーですよ!!」

「……そ、そうなのね……！」

さしものエルヴィナも、その勢いを前にして思わず納得してしまった。

詩亜《しあ》はうむ、と頷《うなず》き、豪快に握り締めたジャージを無造作に突き出した。

「体操着のTシャツもセットで付けます。しかと着こなしてみせなさい!!」

手を差しだすか、差しだすまいか、まだ逡巡《しゅんじゅん》している様子のエルヴィナ。

「くさくないから」

「くさそうとは言っていないわ」

躊躇《ちゅうちょ》の理由を先走った詩亜だが、エルヴィナがやたらと綺麗好きなのは周知の事実。そう思ってしまうのも無理はない。

ついにエルヴィナは観念して詩亜のジャージを受け取り、大事そうに両手で抱き締めた。

「……わかったわ。ありがとう」

「ど、どういたしまして」

素直にお礼を言われ、照れて頬《ほお》を赤くしてしまう詩亜。

早速ジャージに着替え始めたエルヴィナが、上着のファスナーを上げようとして手を止めていた。

「……胸のあたりがギリギリだわ。ここは閉めない方がよさそうね」

「大袈裟《おおげさ》だろうが!?　詩亜もけっこー乳あんだゾ、オオ!?」

仕方ないのでファスナーは鳩尾《みぞおち》の辺りまで中途半端に上げておく。白い体操着の胸が強調される形になっているが、これはこれでだらけを演出できているかもしれない。

エルヴィナの飽くなき向上心は、着古したジャージだけに留まらなかった。

「ついでに、正しいだらけ方も教えてもらっていいかしら」

「照魔《しょうま》さまはヤバくならなきゃって焦ってるしエルちゃんは正しくだらけるとかぬかすし、女神の強くなり方って本当イミフすなあ……」

乗りかかった帆船《ふね》だ。詩亜は腹を括《くく》り、エルヴィナに向かってビシリと指を突きつけた。

「いいでしょお、エルちゃんにだらけの何たるかを伝授します！　これからは詩亜のこと我が師として仰げば尊ししてもらいますからね!!」

相変わらず特殊な動詞の活用法を繰り出すメイドの宣言とともに、エルヴィナの特訓が始まった。

それから数日の間、会社から屋敷に帰った後で詩亜の部屋に通う日々が続いたという。

○　●

エルヴィナが遊び心を学ぼうとしている間、ある日の照魔も一つの決意を胸に自室の中央で立ち尽くしていた。

『気合いが足りない』

『声が小さい』

訓練では最後に一本取り返しはしたものの、常に淡々とした口調のエルヴィナにそう言われたのは今思い出してもかなり悔しい。

自分がヤバくないのは仕方がない。これから成長していくしかないのだから。

だが元気がないと言われっぱなしのままではいられない。

照魔《しょうま》とて、大きな声を出すのが不得手なわけではないのだ。

「見てろよ……低学年の頃は、クラスで一番元気よく挙手をするって評判だったんだ。それに六年生になってからだって、音楽の授業では元気よく歌を歌ってたし……」

虚空に向かい平手を突き出す照魔。

本当にディーアムドを出現させるわけではなく、発声練習だ。

「ディーアムド……オーバージェネシスッ」

声量、抑揚のつけ方、言い切るまでの時間などを、細かく微調整しながら何度も何度も叫び続ける。

「ディーアムド……ディー……。ッ……ディー！　ディー？　ディーア……ム!!」

もはや若干芝居がかってきたが、全世界に動画を配信する以上は多少オーバーなくらいがちょうどいいのかもしれない。

「ディーアム……アム、アム、いや、こうかンディ――――!!」

一度背後にスイングさせた右手を、力強く頭上に掲げる。

発声練習に合わせて、構えの練習もつけ加える照魔。

「ッ……ディーアムドッッ!! よし……うん」

オーバーなのがちょうどいいどころか、むしろ芝居っ気は必須に思えてきた。

世界中の人間に「あらあ、創条《そうじょう》さん家《ち》の照魔くんって元気ないわねえ」などと落胆されるわけにはいかない。

創条家の跡取り息子として、世界の守護者として、元気な姿を世界にお届けしなければいけない。

そうして、侵略に晒《さら》されている人々に勇気を与えるのだ。

「うおおおお!!」

照魔のアクションはもはやヤケクソめいたダイナミックさを帯び、腕どころか全身をフル稼働させていった。

「ディーアムド!!」

右腕を掲げながら、空中で三回転。

それ以上に回ることもできるが、戦闘中に発現する背の翼の数に合わせた回転数だ。セルフプロデュース力が光る。

そして着地と同時に手にした剣を横に、縦に、斜めに薙《な》ぐ!!

「オ———バ————————! ジェネシスッッ!!」

クライマックスは両手で構えた剣の切っ先を敵に向け、『世界は俺が護る』という意思を突きつける。

「こんなもんか……!!」

決まった。完璧だ。

照魔《しょうま》ははあはあと肩で息をし、額の汗をスーツの袖で拭いながらふと後ろを振り向く。

「……坊ちゃま……」

数歩離れたところで、美貌の青年が滂沱《ぼうだ》と流れる涙をハンカチで拭っていた。

照魔の部屋が広すぎるせいもあるが、いつの間に部屋に入って来ていたのか全く気づかなかった。

「うわあああああああああああああああああ違うんだこれは、その、特訓で!!」

「わかっております……主人が必殺技名を叫ぶ練習をするとき、後方でそっと見守る……それが執事の役目です」

だいぶ湿ったハンカチをポケットに突っ込み、次なるハンカチを別のポケットから取り出して目許に当てる燐《りん》。一流の執事は涙腺に搭載できる涙の容量が違う。

「そ、そうか……大変なんだな、執事って……」

オーバージェネシスは武器であって必殺技ではないのだが……相変わらず続々と判明していく執事の仕事範囲の広さには頭が下がる思いだ。

照魔は今のことを、ただの発声練習程度にしか考えていない。

しかしこうして誰の目も気にせず思うさま自分を出す行為、それが照魔の求める『ヤバさ』へ繋《つな》がる一歩であることを、彼はまだ知る由もなかった。

○　●

「照魔さまー、エルちゃんがお呼びですう」

久しぶりの休日《オフ》。屋敷で昼食を終え、自室で読書中の照魔を訪ねた詩亜《しあ》は、やけにぎこちない声でそう告げた。

「エルヴィナが？」

詩亜に言伝《ことづて》をするとは、珍しい。

エルヴィナは照魔に用事があるなら、すかさずＲＡＩＮ《ライン》を送ってくる。

さらにその返事が少しでも遅れれば、自ら乗り込んできて直接用件を告げる二度手間も厭《いと》わないせっかちさんだ。

この時点で照魔は、エルヴィナには何か可愛らしい企みでもあるのではないか、と予想して微笑《ほほえ》ましく思っていた。サプライズを仕掛けてくるつもりかもしれない。

「なっ……!?」

エルヴィナの自室に赴き、詩亜《しあ》にドアを開けられて入室した照魔《しょうま》は、想像していた以上の驚愕《きょうがく》の光景を目にした。

「エルヴィナが……ごろ寝してる……!?　ジャージで!?」

あの常に凛《りん》とした佇《たたず》まいを崩さなかったエルヴィナが、自室のカーペットの上で右手に頭を乗せて寝っ転がっているのだ。

八〇帖《じょう》もの広さがあり、クイーンサイズの高級ベッドはもちろん、悠々《ゆうゆう》と身体《からだ》を横にできる大きさのふかふかのソファーも完備されている至れり尽くせりの部屋の只中で、あえて床に寝る暴挙。

あまつさえ、エルヴィナが身にまとっているのは少々くたびれた赤いジャージだ。

一目で分かるその使い古し具合は、長年着込まれたもの。となると、詩亜が高校三年間で着用していたお下がりぐらいしか考えられない。

何故それを女神である彼女が着ているか、全くの謎だ。

照魔はたじろぎながら、エルヴィナの視線の先にある壁のテレビにも目を向ける。

そこに映っていたのは動画配信サイト。それも何らかの配信番組ではなく、気さくそうなオーバーオール姿の外国人のおじさんが拳銃を的に延々と撃ち続けるだけの投稿動画だった。

ひたすら同じようなものが続く動画は、無心で適当に流し見していたいという需要にマッチするもの。もはや刺激を欲していない人が好んで観るともいえる。

人間界で見聞きするあらゆるものが新鮮に映り、純真無垢《むく》に興味を示してきたエルヴィナが目を留めるには早すぎるコンテンツだ。

さらに傍《かたわ》らの床には、未開封のスナック菓子。未開封のペットボトル飲料。積み置かれた漫画の単行本。

これまでエルヴィナが手を出してはいなかったそれらが、無造作に置かれていた。だらけている。

何となく、「だらけるってこういう感じでしょ」のテンプレートを羅列したような不自然さを感じないでもないが……とにかくエルヴィナが、急にだらけきっている。

「エ、エルヴィナ……何があった……？」

心配になった照魔が声をかけたにもかかわらず、ごろ寝の体勢のまま振り返りもしないエルヴィナ。

ただ一言、彼女らしからぬ覇気《はき》の無い声が戻ってきた。

「だるいわ」

「だるいのか……!?」

愕然《がくぜん》とする照魔。

が、さすがは弱冠一二歳にして会社社長を務める少年。

わざわざ部屋に呼び出してこんな姿を見せつけるのは、何らかのSOSを発信しているのかもしれない――即座にそう考えた。

苦労を背負いすぎる小学生である。

「エルヴィナ……何か悩みがあるなら相談してくれ。俺じゃ頼りにならないかもしれないけど……話せば楽になることもあると思うんだ」

照魔《しょうま》に優しく声をかけられ、エルヴィナの頭頂部に猫耳めいたものが生えて嬉々《きき》として跳ねる様を幻視した。

だがそれも一瞬。エルヴィナの声音はさらに濁りを増した。

「……話すのも面倒だわ」

――――重症だ……。

まさか、日々の仕事が苦でこうなったのだろうか。

だとすれば女神会社デュアルライブスの労働環境を見直すべきかもしれないと、照魔は神妙に思い巡らせた。

日がなコピー機で遊んでいるだけで給料をもらっているような社員相手に、社長の手篤すぎる心遣いが染み入る。

「いいよーエルちゃん怠惰みが鬼やべーですよー」

腕組みをしながら満足げににやける詩亜《しあ》の独り言を、照魔は聞き逃さなかった。

「…………………もしかして、あえてだらけてるのか？」

そもそもあの寝っ転がりの体勢──エルヴィナが本来の威厳を発揮してさえいれば、まさしく涅槃《ねはん》像のような神々しさを見たことだろう。

だが、まじまじと見つめても神性がまるで感じられない。エルヴィナは普段、エスカレーターに乗っているだけでも気高さを感じさせるのに、だ。

生来の神性を自ら抑え込み、意図してだるそうにしているとしか考えられない。

照魔に看破されたエルヴィナは心なしか嬉しそうに、寝っ転がったまま彼の方へと向き直った。

ただし、頭を支える手を右から左に変えただけで、体勢は維持している。

なまじ表情だけが凛々《りり》しいだけに、真正面から見ると余計に不自然さが際立つ。

「ふう……私の女神としての威厳が、いかなる格好いかなる態度であっても怠惰に見せはしてくれないようね……。ああだらけたい、だらけたいわ……」

「こいつ……!!」

照魔の隣で、詩亜が頬《ほお》をひくつかせている。

「――そういうことよ、照魔《しょうま》。私は遊び心を会得するためにあえてだらけて特訓しているのよ。メイドさんを怠惰の見本として」

「もう手伝ってやんねーぞ!?　うぉら、基本姿勢崩すなぁ!!」

詩亜《しあ》は協力していることを隠そうとしなくなり、露骨に指示を飛ばすようになった。

だが……やはりエルヴィナは訓練の一環としてだらけていたようだ。

遊び心が足りないという指摘が気になっていたのだろう。

ヤバさを求めて足掻《あが》いている自分と同じなのだと、照魔はエルヴィナにシンパシーを感じ始めていた。

「……照魔さま……とりあえず、もう少し見てってくれませんか。これでもエルちゃん大真面目にやってるみたいなんで……」

「いや……これが特訓だっていうなら、むしろ俺も協力する。詩亜も引き続きよろしく頼むよ!!」

「いっそやめてくれって命令してもらえた方が楽だった……!!」

主人のお墨付きまでもらっては、もはや詩亜は有耶無耶《うやむや》にして手を引くこともできなくなった。

開き直って、大きな声で指示を出し続ける。

「はいエルちゃん、欠伸《あくび》!!」

「ふ、あ、あ、あ、あ」

黎明期《れいめいき》の音声合成ソフトよりもぎこちない棒読みで欠伸をするエルヴィナ。

無理もない。女神は睡眠を必要としない……欠伸とは無縁の存在なのだ。

「ワンだる、呼吸《いき》、ツーだる！　はいフィニッシュ!!」

「たるい……。……ふう。かったるいわ。宇宙の全てが」

ダンスレッスンのトレーナーよろしく、詩亜はリズミカルに手を打ってエルヴィナにだらけを促す。ひどく独特な掛け声とともに。

問題は、だらけとリズミカルがおよそ相反する事象だということだ。

それでもエルヴィナは、よく応えていた。培った戦闘センスを全開にし、怠惰に転化しているのだ。

「そこでクソデカ溜息!!」

「くそでかためいき」

「台詞じゃねーんですわ!!」

照魔は固唾《かたず》を呑《の》んで女神のだらけを見守っていた。

何だか知らないが、頑張っているのは伝わる。

ただだらけているだけのお姉さんを見て「自分も頑張らなければ」と思えてしまう、彼の健気《けなげ》さが泣ける。

ここまで言われるがまま詩亜《しあ》の指示に応え続けてきたエルヴィナも、次のコマンドで難渋することとなってしまった。

「ほい、そこで尻をぼりぼり掻《か》く！」

「……お尻を……」

エルヴィナの細指が、彼女の尻の領空を躊躇《ためら》いがちに彷徨《さまよ》っている。

照魔《しょうま》がこの部屋に来た時と違い、エルヴィナの尻は彼の方に向いていない。さっと掻いてしまっても大して目立つこともないのだが、それができないからこそ誇り高き女神なのだ。

「照れんなやあ！　尻ぐらい元気よく掻かんかいお高くとまりやがってよぉー!!」

「……照れていないわ。女神に相応《ふさわ》しくない仕草だというだけよ」

メイドのスパルタ教育に真っ向から反論するエルヴィナ。

「それと、女神は生誕した瞬間から高みに立つ存在よ。意識してそうしているわけではないわ」

「その生まれ持ったお高さを払拭するための特訓やろがい!!」

これればかりは詩亜が正論だった。

エルヴィナもさすがに言い返さず、寝そべったまま自らの神の御尻《みしり》へと視線を向ける。

尻を掻くか、掻くまいか――

その二択を前に、まるで生死の境界線に立っているかのような緊迫した雰囲気を漂わせていた。

葛藤《かっとう》の末。

エルヴィナが頼ったのは、己の半身だった。

「照魔――――私のお尻を掻いて」

要求をされ、照魔は思わず後退《あとずさ》った。

「すんげえ流れ弾飛んできた!?」

エルヴィナにさながら戦闘中に生命を預ける瞬間のような決意溢《あふ》れる顔つきでとんでもない要求をされ、照魔は思わず後退《あとずさ》った。

エルヴィナは予備動作もなく立ち上がると、気高き長髪を宙に舞わせながらターンした。

つまり照魔へ向けて、あえて己が尻をセットポジションに移行した。

「勘違いしないで……私がさらなる高みを目指すためよ。それにこれは、あなたが求めるヤバさに繋《つな》がるかもしれない。女神のお尻を掻いて強さを摑《つか》みなさい、照魔」

「――――――」

歯嚙《はが》みして肩を震わせる照魔。

握った拳に落とした眼差しが揺れる。

ここでエルヴィナの提案を撥《は》ね除《の》けては、今までの自分と同じだ。

やるべきか。掻くべきなのか――。

話がおかしな方向に行き始めたので、詩亜《しあ》が慌てて止めに入る。

「その応用編に自ら辿《たど》り着いたのは偉いですけどね！　照魔《しょうま》さまに変なプレイ強要すんなっていつも言ってんでしょうがあ!!」

もはや自分で行動することすら億劫《おっくう》になり、他者に任せる――エルヴィナは、だらけ道においては昇段ものの境地に達したと言える。

が、いち女性としては破門レベルの暴虐だ。

詩亜の懸念も虚しく、照魔も覚悟を決め始めていた。

「俺は強くなるために、もっとヤバくなるって決めた……！　エルヴィナの尻を搔《か》くことでヤバくなれるなら、それが世界の平和にも繫《つな》がるはずなんだ!!」

「この宇宙船地球号の一員としてそんなことしなきゃ得られない平和なんて受け容れるの鬼怖なんすけど詩亜は!?」

しかも自分のジャージの上から照魔にエルヴィナの尻を搔かせるのは、詩亜にしてみれば何か変なプレイの一環のようですげえ困る。

激しく頭を抱えた末に、詩亜はメイドとして折衷《せっちゅう》案を出した。

照魔に軽く腰を突き出し、メイドハンドでメイド尻を叩いてメイド快音を響かせる。

「……わかりました！　ではまず、この詩亜のお尻《チリ》ポンプニカッキーして練習してからにしてください！　いきなりエルちゃんのケツなんて触ったら手荒れ起こします!!」

「語感も内容もふざけたことをほざかないで」

　エルヴィナも神速で止めに入る。

「数秒前までエルちゃんのほざいてたことを要約したまでやろがい!!」

「照魔が世界の平和を望む心を、自分の欲望のために利用しようとしないでと言っているのよ」

「今の台詞に至っては要約せずに全部自分でブーメラン噛《か》み噛みしろってんですよ詩亜だって平和を願ってこうしてんです!!」

　自分の平和をダシに年上のお姉さんたちが無垢《むく》な少年に尻を触らせようとする凶行が繰り広げられ、地球の怒りが留まるところを知らない。


　二人の諍《いさか》いを照魔が見守っているうちに、エルヴィナが適当に流していた動画が終わりを迎えていた。

「ソレジャーネ」というカタコトの別れの挨拶に反応して、エルヴィナがちらりと壁のテレビモニターを振り返った。

　用意した数箱の銃弾を使いきるまで続ける動画だが、ものの五分で終わったということだ。

「たった五分で全弾撃ち尽くすなんて、貧弱な銃ね」

「無茶言うなよ」

　エルヴィナの無限銃弾とは比べられない。照魔が控え目にツッコむ。

動画が終了した後も特に操作がなく放置されていたため、おすすめ動画へと自動的にリダイレクトされた。

次の動画は打って変わってカラフルなフレームと背景に彩られており、画面の中心にはアニメ調の女の子の絵が表示されて滑らかに動いていた。

その画面を二度見し、視線が縫い止められたエルヴィナの様子には気づかず、照魔《しょうま》も何となしにその動画を眺めた。

映っているのは、白いステージ衣装のような装いの小柄な女の子だ。

鮮やかな桃色の髪には青のメッシュが入っており、髪留めをはじめとする全身の各所にふわっと丸い綿のような飾りがアクセントになっている。

ちょっとした既視感を感じつつも、照魔はそれが何なのかすぐに察した。

「バーチャル配信者か……流行ってるよな」

「うちの会社からの広告宣伝の候補にも入ってますよね、配信者への案件」

「若年層への周知が課題だからなあ」

女神会社デュアルライブスの知名度を高めるため、こちらからの動画広告も継続的に実施されている。

それに加えて、人気の配信者にコラボをしてもらってより親しみを持ってもらおうという企画も燐《りん》が着々と進めていた。

それが、バーチャル配信者への案件依頼だ。

最大手の動画サイトであるYOU TUIE《ヨウチューイ》に投稿する配信者を、一般的にYOU TUIER《ヨウチューイヤ》と呼ぶ。

そして2Dや3DのCGモデルをアバターとして配信を行う配信者は、仮想空間で活動するYOU TUIERという意味で、VIRTUAL《バーチャル》 YOU TUIER《ヨウチューイヤ》——略してV TUIER《ブイチューイヤ》と呼ばれている。

このV TUIERが今世間で隆盛を極め始めており、デュアルライブスとしても広告案件を依頼しようと候補を絞っている段階なのだ。

会社のアカウントでV TUIERの動画をピックアップしていたことで、こうして家で見てもおすすめ動画にも出やすくなっているのだろう。
エルヴィナが無言で見入っているので、照魔と詩亜《しあ》も動画に注目していた。
V TUIERの女の子は、雑談配信をしていた。添えられたテロップを見るにデビュー配信のアーカイブのようなのだが、それにしては堂に入っている。
「詩亜もV TUIERはけっこーチェックしましたけど、こんな娘《こ》見たことないですね。めちゃギガ力入ったモデルですよ、あれ」

「しかもトークも上手いな……新人じゃないのか？」

使用されている3Dモデルもハイクオリティな上、トークも熟《こな》れている。それでいて親近感を感じさせるキャラ付け。

さして配信者事情に明るくない照魔《しょうま》から見ても、「伸びそう」だと感じてしまうオーラを放っていた。

女の子は最後に大きく手を振り、視聴者に一際《ひときわ》可愛らしい笑顔を振りまいた。

『みんな～、チャンネル登録と高評価、義務《よろ》だよ～』

配信者のお約束の文句にもちょっとした工夫が見られる。

「とりあえずブクマしといて、後で燐《りん》くんと共有しますね」

このＶＴＵＩＥＲ《ブイチューイヤ》も案件依頼の候補に入れていいかもしれない。

詩亜《しあ》がモニターに近づこうとした、その時だった。


「──リィライザ……!?」


動画が終わったことで呪縛から解き放たれたように、エルヴィナが小さく独りごちた。

バーチャル配信者という存在に興味を持ったのかと思っていたが、様子が変だ。

「リィライザ？」

照魔が聞き返すと、エルヴィナは険しい顔つきで頷《うなず》き返す。

「絵のように見えるけど……間違いないわ。あれは、リィライザよ」

「誰すかそのリィライザって。知り合い？」

詩亜も冗談半分でそう尋ねたのだろうが、

「そうよ」

そのまさかだった。

「――数多《あまた》いる女神の中でも、あいつほど他者からの賛嘆を求める者はいない。自分が『天界最かわ女神』だなどという妄言を吐き散らかす危険人物よ……!!」

MYTH：3　仮想空間の女神

エルヴィナの激白に、照魔《しょうま》と詩亜《しあ》は思わず顔を見合わせる。

「六枚翼《エクストリーム》の女神が、動画を配信してるだって!?」

困惑のままにリモコンを手にした照魔は、動画を最初から再生し直した。

確かに……言語化が難しいが、このキャラクターはいかにも「女神っぽい」。

３Ｄモデルがアニメ調のイラストなので、すぐには気づけなかった。が、女神という前提で改めてよく見ると確かに、このＶＴＵＩＥＲ《ブイチューイヤ》の衣装にはエルヴィナやシェアメルトといった最高位の女神と同じ神聖さを感じる。

『みんな～、今日もリィとデートしようねっ』

「────────!!」

配信者のお約束・チャンネル固有の挨拶──彼女のそれは、照魔の全身に雷《いかづち》を走らせた。

「登録者数が数百万人に達してるのに全員とデートするのかって話ですよ、どんだけビッチなんすか」

揚げ足を取るように茶化す詩亜だが、照魔は苦笑を合わせることすらできなかった。

初恋の女神は六枚の翼を持っていた。

それだけが、照魔の唯一確かな思い出だ。

だがその他にうっすらとだが、女神と交わした会話も記憶の断片として残っている。

デートしよう。

思い出の女神はそう言って照魔の手を引き、色々な場所を歩いた。

ありふれたフレーズ、誰でも使う台詞ではあるが——女神の口からこの言葉が紡がれる時、照魔の胸はざわめく。

まさか動画配信をしているこの女神が、自分の初恋の相手なのだろうか。

「リィって言ってますね……ってかよく見たらチャンネル名がすでに『リィライザCH《チャンネル》』でした」

「やっぱり、この〝絵〟はリィライザなのね……」

詩亜もエルヴィナも、熱心に動画を観察している。

ひとまず自分の胸騒ぎに蓋をし、照魔はいま一度エルヴィナに尋ねた。

「この配信者がエルヴィナの同僚ってのは、何かの間違いじゃないのか。そりゃ今の時代、個人で動画を配信するハードルはかなり下がってるけど……それでも相応のスキルは必要だぞ」

その意見には詩亜《しあ》も同意する。

「ですです。しかもバーチャルアイドルっすからね。機材はもちろん、配信用のソフトもバッチリ使いこなせなきゃ、こんなクオリティ鬼高ぇー動画なんて無理ですよ」

人間界に来たその日にスマホを渡され、それから三か月は経《た》つエルヴィナでさえ、未だに通話機能やＲＡＩＮ《ラ イ ン》の基本的なメッセージ機能ぐらいしか扱えていない。

パソコンに至っては、ボタンが多すぎて嫌だと触ろうともしないぐらいだ。

そしてエルヴィナだけが特別そうなのではなく、スマホを受け取ったマザリィや彼女の部下たちが一律同じ反応だったことからも、女神がデジタルにすこぶる弱いのがわかる。

片やこのリィライザという配信者は、デジタルクリエイティブの最先端を行っている。とても同じ女神とは思えない。

エルヴィナは思案顔になり、小さく頷《うなず》いた。

「確かに……私以上に人間界の電子機器を使いこなせる女神がいるとは考えられないけれど」

「そこまでは言ってねーですけど？」

「可能性としては……リィライザには人間の協力者がいる──」

詩亜にジト目で睨《にら》まれながらエルヴィナが導き出した結論に、照魔《しょうま》は愕然《がくぜん》とした。

「！　そんな馬鹿な!!」

「まあ、このクオリティの動画コンスタントに出そうと思ったら、普通にスタッフは必要ですよね」

手間の面から考えても妥当な意見だと、詩亜《ソディアクス》もエルヴィナの意見に納得する。

「そ、それはともかく、問題は何で邪悪女神が動画配信を始めたのかってことだ……」

人間の協力者の有無はひとまず置いておくとして、照魔が最も気にかかるのはそこだ。

ちょうどその答えを、再生中の動画でリィライザ本人が説明するところだった。

『リィは色んな「カワイイ」をお勉強をしに人間界にやって来たんだょ』

光線となって画面外にまで放射されているのではないかと感じるほど「可愛い」を振りまくリィライザを見て、エルヴィナは不機嫌な表情になる。

「どの口がそう言うのかしら。あいつは女神も人間も関係なく、現存する全ての生命体の中で自分が最も可愛いと豪語していたのよ……人間から学ぶことなんて何もないと思っているはずだわ」

「あーこれはエルちゃんの同僚ですわ」

自分が最強の戦闘力を持つと常日頃から吹き散らしているエルヴィナ、恋愛知識が天界で一番であることを誇りにしていたシェアメルトと同じだ。

六枚翼《エクストリーム》は天界の頂点だが、一二人存在する。だからこそ、その中でも自分が最も優れているものを誇るようになっていったのではないだろうか。

画面の中のリィライザは、さらに続ける。

『それとね、リィが一番知りたいのは……えへへっ、これはまた次の配信で☆』

そのあまりの可愛さに画面の向こうのお友達が沸騰しているのが、コメント欄のスクロールの早さでわかる。

一方、ここでも画面の向こうで沸騰しているメイドさんがいた。

「えへへとか声に出して言う女、頭摑《つか》んで膝入れたくなりません？」

眉を限界まで顰《ひそ》めて画面を睨《にら》み付ける詩亜《しあ》。

「あなたがそう言っているのを前に聞いたことがあるわよ」

その記憶を頼りに膝を顔面に入れるような無粋な真似はせず、エルヴィナは気になっていたことを発言した。

「メイドさんがさっき、こういう動画を映すにはたくさんの道具が必要と言っていたけど……だったらリィライザは間違いなくすでに人間界にやって来ているわね」

「天界にはスマホもネットもないからな……」

実際に天界を見てきた照魔《しょうま》だけに、その意見には同意せざるを得ない。

「照魔さまっ、『メガクル』更新して情報拡散しましょう！　あの配信者は危険だって」

「いや待て、それはまずい」

さすがに勇み足が過ぎると、照魔は詩亜をそっと諫《いさ》める。

あ
イイ!!
〜
最高です!
登録しました
いいね
信はゲーム実況と
ですね!

「リィライザはまだ何も悪いことをしていないんだ。悪だと断定するのは避けよう」

「エルちゃんの元仲間でも？」

「それでもだ。確証が持てるまでは先走っちゃいけない」

「……わかりました」

従者の立場で無理に食い下がるわけにもいかず、詩亜《しあ》は意見を引き下げた。

照魔《しょうま》とてただ性善説に則《のっと》ってこんなことを言っているわけではない。

予め「そいつは敵だ」という情報を発信してしまえば、間違っていた時の発信元へのダメージは計り知れない。

情報の確度が下がれば、せっかくここまで普及したメガクルへの信頼はあっという間に失われてしまうのだ。

「でも、この配信者の動向は常にチェックしておく。それで許してくれ、詩亜」

「いえいえ、ご立派です。この場に燐《りん》くんがいたら絶対泣き散らかしてますよ」

照魔が必殺技名を叫んでいるところを見るだけで号泣していたので、あり得ない話ではない。

「そうね、しっかりと見張るべきだわ。そしてリィライザの真の目的を探るわよ。人間界が手遅れになる前に」

「このリィライザって女神は、動画配信で【神略】をしようとしてるっていうのか……？」

シェアメルトとの戦いで【神略】のとてつもないスケールを体験した照魔は、警戒を強める。

「シェアメルトの一件で、六枚翼《エクストリーム》の女神の力はわかっているはずよ。あいつは直接会ってもいない全世界のカップルを、一挙に破局させるほどの力を発揮した。今回は動画を通じて多くの人間がリィライザの姿を目にしている……何が起こっても不思議ではないわ」

「その全世界的な影響力、エルちゃんは何かできないんすか？」

「…………私は……強いわ」

「わかりましたよごめんって……」

いたたまれなくなって素直に謝罪する詩亜。

エルヴィナの特徴、それはとにかく強いこと。シンプルでよい。

その時、照魔のスーツのポケットでスマホがけたたましく鳴り響いた。通常の着信とは異なる、緊急通信用のアラートだ。

スマホを取り出すと、画面に燐の顔が映し出される。

『坊ちゃま、当Rブロックに敵性女神と思われる集団が出現しました』

Rブロックはこの照魔の別邸がある居住区だ。即座に現場に駆けつけられるだろう。

「急ごう、エルヴィナ!!」

言うが早いか走りだす照魔。

「ちょうどいいわ、リィライザのことを何か知っていたら吐かせましょう」

ジャージを女神装衣へと瞬間変化させ、エルヴィナも照魔の後に続く。

「こっちの女神はほんとバイオレンスっすなあ……」

どんなにだらける特訓をしても、戦いに赴く時のエルヴィナはいきいきとしている。

詩亜《しあ》はエルヴィナのことが嫌いだが……せっかく着替えた服をああしてあっさりと戦闘用の服に変えて駆けていく様は、見ていて少し切ないものがあった。

○●

居住用区画――Rブロック。

六つの区画に分けられた神樹都《かみきと》の中で、家屋やマンションが最も集中するブロックであり、端的に言うと一番人の多い区域だ。

ここに女神が出現すると、避難も大規模なものになってしまう。

相手がたとえ、モブメガ――二枚翼《エクサ》の女神であったとしてもだ。

照魔《しょうま》とエルヴィナが現場に駆けつけると、二人の間を何かが高速で突き抜けていった。

同時に振り返った二人の前で、その何かは誇示するように巨大な二枚の翼を広げる。

ただし、ただ背中から生えているのではない。まるで蝙蝠《こうもり》のように、翼が腕に癒着して動きが連動している。

地面に着地したその一体の周囲を、同じ見た目の女神が競うように滑空し始めた。静止しないので数えにくいが、全部で三十体以上はいるようだ。

浅黒い肌色。くりっとした目に、笑みの形に半開きになった口。全員が全員、ぽえーっとしたのどかな表情をしている。

「偵察飛翔《ひしょう》・集団急襲型の女神ね……こいつらは大勢で群れるわ」

「コウモリメガミか……そういう情報はバンバン載せていこう!!」

後手に回ることになっても、大切なのは情報の正確性だ。照魔は腕時計のマイクを通じて、燐《りん》にメガクルの情報の更新を依頼する。

今日も観衆が大勢集まっているが、照魔たちからはかなり距離を取っている。本当ならちゃんと避難して欲しいところではあるが、それでもこの数週間のデュアルライブスの啓蒙は無駄ではなかったようだ。

コウモリメガミの一体が、その半笑いの口から輪っかがいくつも連なったような光線を「パエー」と撃ち放ってきた。

照魔とエルヴィナが左右に飛《と》び退《すさ》ると、直前まで彼らが立っていた地面は大きく抉《えぐ》れていた。

「超音波攻撃か！」

可聴域外の音を放射し、強化コンクリートさえも易々と粉砕する。こんな攻撃をできる敵が何十体も住宅街で暴れる中、極力被害を抑えて立ち回らなければいけない。

骨の折れる戦いになりそうだ。

エルヴィナの形成した魔眩樹《まどうじゅ》に、二人同時に手を差し入れる。

「ディーアムド、ルシハーデス」

「ディーアムドッ！　オーバージェネシスッ!!」

聖剣を高々と掲げる照魔《しょうま》を見て、エルヴィナが感心したように声を上げる。

「今日は中々元気がいいわね、照魔」

「お前と同じさ！　俺も特訓したからな!!」

遊び心を特訓したエルヴィナへのアンサーを伝え、照魔は背中に三枚の翼を展開。わっと沸き立つ観衆の声を耳に、空高く飛び上がった。

大上段からの聖剣の一閃《いっせん》が、コウモリメガミに悠々《ゆうゆう》と避けられる。

「そうか、理科の授業で習った覚えがあるぞ……コウモリは反響定位を用いて目標までの距離とか大きさを鋭敏に捉えることができるって!!」

目視していようといなかろうと、彼女たちは周囲を動く存在が手に取るようにわかるというわけだ。

メガクルに入力する前に、まずは自分自身の知識をアップデートさせる照魔。

「教えろ……少年。お前の好きなものは何だ」

「!?」

　コウモリメガミに流暢《りゅうちょう》に話しかけられ、照魔は思わず固まる。人間界に現れるモブメガはこれまで満足に意志疎通のできない相手ばかりだったが、いよいよそれが可能な個体も現れ始めたということか。

　激しい風切り音が周囲に反響する。

　まさに洞窟で出くわした蝙蝠《こうもり》の大群よろしく、無数のコウモリメガミが翼を擦《こす》り合わせるような密度で照魔に殺到する。

「お前の好きなものは何だ」「何だ」「何だ――」

　全ての個体が同じ質問を照魔に投げかけてくる。繰り返し耳朶《じだ》を叩く声音は、洗脳装置のように聞く者の意識を朦朧《もうろう》とさせる。

　四方八方から照魔を押し潰すように殺到したコウモリメガミたち。

　だが一瞬の静寂が訪れた直後――その十体近いコウモリメガミの隙間から蒼《あお》い光が幾条も伸びていき、ついには爆発的な光量が放射されて一挙に吹き飛ばした。

　第二神化《フェイズツー》に強化したオーバージェネシスを薙《な》ぎながら、照魔は毅然と言い放つ。

「俺の好きなものは……女神だ!!」

　生き残ったコウモリメガミは、ぽえーっとした顔に朱を差しながら質問を重ねた。

「じゃ、じゃあ……私のことも好きか……」

「…………え？」

自身も十数体のコウモリメガミと戦闘中でありながら、それを聞いたエルヴィナはぎょっとして声を上げた。

「惑わされては駄目、照魔《しょうま》！　隙を見せれば即座に恋人面《づら》をしてくるわよ!!」

「何だって!?」

コウモリメガミはそのぽえーっとした顔を照魔に急迫させてくる。

「好きか」

脅すように問い詰められても、照魔の答えは一つだ。

「悪いことをしなければ好きだ」

「…………」

コウモリメガミは空高く飛び上がり、音波光線を発射してきた。悪いことはするらしい。

「こっちの質問にも答えてくれ。リィライザを知っているな……その女神は今、人間界で何をしているんだ?」

戦いの様子を映像として記録されていることを意識し、小声で質問する照魔。

「知らない」

嘘か真か、コウモリメガミは質問をすげなく切って捨てるも、意外な言葉を返してきた。

「で、でも……お、お前……天界みんなのもの」

「女神は、みんな……お前を狙っている」

「ちょうどいい……恋人……」

多少色気づいたようなコウモリメガミたちの声を聞いた途端。

離れて戦っていたエルヴィナの声は、怒りでトーンが急降下していった。

「────あなたたちごこと天界も滅ぼすわ」

音符が楽譜から脱走するレベルの音圧で、超音波使いたちを一斉に身震いさせる。

「うわあ落ち着けエルヴィナー!!」

エルヴィナをなだめつつ、自身は攻撃を回避しながら、照魔は歯噛《はが》みしていた。

一瞬でも隙を見せれば彼女面をしてくる──エルヴィナは女神をそう評した。彼女自身のことはどうかはさて置き、以前シェアメルトが急に浮気をしようと提案してきた記憶も新しいこともあり、冗談と聞き捨てられない信憑《しんぴょう》性がそこにはある。

（……彼氏を求めるのが女神の生態だっていうのか!?　なら初恋の女神も、相手は俺でなくてもよかったんじゃ……）

「パエー」

照魔の隙を突き、音波光線を発射するコウモリメガミ。

「がはっ……!!」

正面からモロに光線を浴びた照魔《しょうま》は、スーツのジャケットを無数の布きれに変えて大きく吹き飛ばされた。

「照魔っ!!」

エルヴィナが第二神化《フェイズツー》のルシハーデスを乱射しながら、照魔の元へと駆け寄る。

彼女の周囲で次々と撃墜され、煙の尾を引いて墜落していくコウモリメガミたち。

それでもエルヴィナの前にはさらに多くのコウモリメガミが立ちふさがり、照魔の元へも残りが殺到していった。

数は力──それを体現するかのような、コウモリメガミたちの恐るべき集団戦闘であった。

照魔はかっと目を見開いて立ち上がると、牽制《けんせい》するようにオーバージェネシスを横薙《な》ぎする。

「…………いや、ものは考えようか!!」

そうしてやけになったように、剣で何もないところを斬りまくっていった。

「パエ!?」

直後、コウモリメガミたちの動きが乱れ始めた。仲間同士で正面衝突をする者まで出始める。

一方で照魔が斬った場所には、光の板が出現していた。

魔眩斬閃《まどうざんせん》──剣閃《けんせん》を実体化させる、照魔の得意技だ。空中に固定された実体のある剣閃が超音波を乱反射させ、コウモリメガミたちの反響定位を崩壊させたのだ。

「俺を狙うならそっちの方がありがたい……セフィロト・シャフトじゃなくまずは俺を狙っ

て向かってこい！　邪悪女神《ゾディアクス》!!」

照魔は決意を天高く轟《とどろ》かせ、聖剣を閃《ひらめ》かせる。

自身も魔眩斬閃を足場に空中で跳躍を繰り返しながら、残るコウモリメガミを次々と掃討していったのだった——。

○　●

コウモリメガミの襲撃から街を護った後、エルヴィナとともにメガミタワーに向かう照魔。

その顔色が優れないのは、事後処理で休日が消えたからではない。

やはりディーギアスでの戦いだけではなく、普通の……等身大の女神との戦いも、動画として世界に発信しなければいけないのだろうか。照魔は自分が女神たちから露骨に標的にされ始めていることよりも、むしろそちらの方が心配だった。

今日のコウモリメガミのように、人間以外の生命体の特質を持つ怪人めいた見た目の女神だけが戦いの相手ではない。

特に四枚翼《エクシード》の女神がほぼ例外なくそうだが——アロガディスやマザリィたちがそうであるように、ほとんど人間の女性と変わらない外見をしている。

そんな相手と自分たちが剣を銃を交える戦いを、世界に見せつけなければいけないのだろうか――。

そうして苦悩の深みに嵌《は》まる前に、照魔《しょうま》は従業員用の個室が多く並ぶメガミタワーの六〇階へと向かった。

日課である、麻囲里茶《あさいりさ》の私室を訪ねるためだ。

そっと部屋に入り、机の上に置かれた写真立てを見やる。その中に飾られた写真では、生前の里茶が嫋《たお》やかな微笑《ほほえ》みを浮かべている。

その横には、やはり燐《りん》か詩亜《しあ》が淹れてくれたのだろうか、まだ紙コップから湯気の立っている珈琲が供えられていた。

照魔はしばしの間、里茶の写った写真を寂しげに見つめ、

「……俺、今日も頑張るよ、婆《ばあ》ちゃん」

やがて、気持ちを切り替えるように笑った。

弱音を吐くためでなく、弱音を吐かないために大切な家族の霊前に立ち、気を引き締める。

一二歳の少年が日々の習慣とするには、あまりにも哀しいルーティーンだった。

背後に気配を感じ、照魔は振り返る。

いつの間にか部屋の出入り口に立っていたマザリィが、びくりと身体《からだ》を震わせた。

「ごめんなさい、扉が開いていましたので……驚かせる気はなかったのですが」

「いや、全然大丈夫です」

この辺りのフロアは神聖女神《セイヴァアリド》の居住区でもある。鉢合わせすることも充分にあり得ることだった。

部屋に足を踏み入れたマザリィは、照魔の前にある写真立てに目をやる。

「そちらの女性は？」

「麻田里茶。俺の婆ちゃんです。血の繋《つな》がりはないけど、俺はそう思ってます」

「その方は、こちらの会社にはいらっしゃらないのですか？」

「…………」

照魔の表情が沈むのを見てすぐに事情を察し、迂闊《うかつ》な質問をしたと後悔するマザリィ。

「直接手をかけられたわけじゃないけど……アロガディスの侵攻が遠因になって、婆ちゃんは命を落としました」

「……。そう、ですか……」

立場上、争いに巻き込んで申し訳ないなどとも口にできず、マザリィはただ神妙に俯《うつむ》くことしかできなかった。

むしろ照魔の方が気を遣って、出し抜けに話題を転換した。

「実は俺……初めて逢《あ》った時からマザリィさんの雰囲気、婆ちゃんにちょっと似てるなって思ってたんです」

「あら、それは喜ぶべきでしょうか……ふふ。それでは抱き締めてあげます。いらっしゃい、照魔《しょうま》くん」

先ほどの詫《わ》びという雰囲気で自身の欲望をひた隠し、マザリィがそっと諸手を広げる。

「大丈夫です……気を遣わせてごめんなさい」

「え嘘断るんですか？」

よもやこの雰囲気で断られるとは予想だにせず、マザリィらしからぬ早口で動揺する。

行き場を失った聖母の両腕が、虚しく宙を漂っていた。

「エルヴィナにも同じことされましたよ。駄目ですね、俺……人に心配かけてばかりで……」

「…………ふーんへーエルヴィナも照魔くんを抱き締めようと……」

確かに我欲が多分を占めていたが、マザリィが照魔を慰めたいという思いは本当だ。

あの戦闘狂のエルヴィナが同じように慈愛の心を見せたと聞いて、複雑な気持ちになる。

「ですが、他者に甘えることを罪だと思ってはいけませんよ。その誰かが照魔くんの優しさを必要とする時、甘えることを躊躇《ちゅうちょ》してしまうかもしれないでしょう？」

さすがは平和を愛する神聖女神《セイヴァリド》の長。その言葉に、照魔は深く感銘を受けた。

しばし逡巡《しゅんじゅん》した後、照魔はマザリィを見据えた。

「……それじゃあ、甘えさせてもらいます。マザリィさんの言葉に……知識に」

「はあ、言葉ですか……？」

「マザリィさん、俺……どんなことにも例外はあると思うんです」

照魔のただならぬ雰囲気に、マザリィは不意に気圧《けお》される。

「女神が記憶を失うことに、例外はないんですか」

「────」

はっと息を呑《の》むマザリィ。

女神は人間界を訪れても、帰還に用いる天界の移動ゲート『嘆きの門』を通る際に人間界での記憶を奪われるのが掟《おきて》だという。そしてその女神に関わった人間も、連動して思い出は全て消されてしまうと。

人間である照魔が天界を訪れたことを転機に、その記憶消去の掟も機能しなくなっているようなのだが、少なくとも幼い照魔と女神が出逢《であ》った頃は絶対の掟だった。

しかし現に、ただの人間の照魔が断片的に初恋の女神を覚えていたのだ。自分が会った女神はもっと詳細に人間界でのことを覚えているのではないかというのが、照魔の考えだ。

「リィライザは以前、人間界に来た時の記憶がある！　だから女神とは思えないくらいネットに詳しいんじゃないんですか!?」

照魔が初恋の女神と出逢った六年前はすでに、世界にはスマホが普及していた。動画サイトも動画配信者も花盛りだった。

細かいことは覚えていないが、照魔がスマホを女神に見せた可能性だってある。

女神とは思えないほど機械に詳しく、性格は明るく、何より「デートしよう」が口癖。

唯一、小柄な見た目という点は記憶と重ならないが……それだって単に自分が成長したからそう感じるだけかもしれない。幼い頃は見上げていたお姉さんも、小学六年生になり身長も伸びた今の照魔《しょうま》からは小柄に見えてしまうと。

考えれば考えるほど、リィライザが初恋の女神のように思えてくるのだ。

マザリィは照魔の心中を慮《おもんぱか》る一方で、天界の最長老として厳然たる言葉を返した。

「例外が無いと断言はできません……けれど無いように務めなければ、規律や制約は意味を失ってしまいます」

今の天界はすでに、規律が破綻し始めている。誰よりも調和を尊ぶマザリィは忸怩《じくじ》たる思いであろうが、それでもルールは遵守し続けなければならない。

マザリィは照魔に優しく微笑《ほほえ》み、逸《はや》る気持ちを解きほぐすようにして諭していった。

「リィライザが人間界の機械に詳しいだけで、初恋の女神と決めつけるのは早計ですよ」

「……はい……」

そう頷《うなず》きながらも、まだ納得のいかない様子の照魔。

「初恋の女神を見つけることは、照魔くんにとって本当に大切なことなのですね……」

「俺の全てです」

寂しげに項垂《うなだ》れる照魔を見て、マザリィは決意した。

優しく、慈愛溢《あふ》れる微笑みを浮かべながら——血迷った提案をする。

「——それは私だったということで手を打ちませんか？」

「え⁉」

行き場を失ったマザリィの両腕が再起動し、さらに両の足で自走して標的に近づいていく。

この雰囲気なら、もう勢いで抱き締めても大丈夫だろう——天界の最長老の小賢《こざか》しい叡智《えいち》が実を結ぼうとしたその瞬間。


「手ではなくて銃を撃つわよ」


開け放しのドアの向こうに、だいぶ殺気が仕上がったエルヴィナが仁王立ちしていた。

横向きに構えられた彼女の愛銃ルシハーデスは、二挺《ちょう》の銃口がそれぞれマザリィの頭と胸に照準を合わせている。

「ひいっエルヴィナいつからそこに‼」

「照魔の初恋の女神の唯一の手がかりは翼が六枚あることよ……四枚翼《エクシード》のあなたであることは絶対にあり得ないわ」

「たとえ違ったとしても！　『私でいいじゃないですか』というロマンスがあなたにはわかりませんか⁉」

「…………」

エルヴィナはピクリと身体《からだ》を震わせ、銃をそっと下ろす。

「とにかく！　照魔《しょうま》くんはもっとわたくしに甘えてくださいね!!」

その隙に軽やかな最長老ステップで部屋を立ち去ってゆくマザリィ。溜息をつきながら、入れ替わりでエルヴィナが室内へ入って来た。

「珍しいな、いつもだったらあんなふうに忠告する前に撃ってくるだろ」

エルヴィナの突然の銃撃に度々巻き込まれてきた照魔は、彼女の思惑を計り知ろうとすることもなく、やや冗談めかしてそう尋ねる。

エルヴィナは照魔をじっと見つめ、少し拗《す》ねたように唇を尖《とが》らせた。

そして無言でそっぽを向き、足早に部屋を出て行ってしまう。

照魔はふう、と溜息をこぼした。

自分を初恋の女神だと思え――マザリィが、エルヴィナと同じことを言ってくれるとは。

きっとマザリィも、いつまで初恋などにこだわっているのだ、と暗に窘《たしな》めていたのだろう。

照魔も、そんな状況ではないことは重々に承知している。

過去に惑うのはやめて自分を初恋の相手だと思え、と申し出てくれたエルヴィナにも、こんな情けない姿を見せ続けるのは失礼だともわかっている。

けれど、簡単に割り切れるものではないのだ。

今の自分の全てを作った思い出と、きっぱりと決別を果たすというのは――。

○　●

リィライザの【神略】は、着々と進んでいる。

武力での直接的な地上侵攻ではなく、動画配信を用いて水面下から人間を取り込んでいく。

それは照魔たちの世界にとって『静かなる侵略』と称される衰退を迎えた過去を思わせる、ある意味残酷な戦法だった。

だが今のままでは程なく、人気も一度頭打ちとなるだろう。動画配信者として避けられないことだが、スタートダッシュが激しかった分チャンネルの登録者数は伸びが鈍化し始めている。

エルヴィナが手を貸している人間の会社も、何か策を講じ始めたようだ。

現状に慢心せず、ここで自分も一手打っておこうと考える隙の無さも、リィライザの強さと言っていいだろう。

本日はリアルタイム配信ではなく録画動画の投稿に留めて時間を作ったリィライザは、その足で天界へと一時帰還した。そして邪悪女神《ゾディアクス》の居城へと戻ってからは、何やら思い詰めた顔つきで廊下をそぞろ歩いている。

「ん？　リィライザじゃないか」

そこに鉢合わせたのは、シェアメルトだった。

先日の会議であれほどバチバチにやり合ったのを忘れたわけではあるまいに、リィライザは満面の笑みでシェアメルトに駆け寄る。

「わあい。ちょうどよかった～☆　リィ、シェアちゃんに逢《あ》いたかったんだぁ！」

「何？」

逢いたいという言葉に殊更反応するシェアメルト。

ストーカー女神の哀しき性《さが》だった。

「実はね、リィ、シェアちゃんにお願いがあるんだ～」

「ふうむ、人間界への【神略】を開始して程なくトンボ帰りしてきたかと思えば、真っ先に私を頼りに来るとは。……ええと、お前との友達ランクは――」

シェアメルトは友人関係にランクアップシステムを採用している。

【他人《アザーズ》】、【同僚《コンパニオン》】、【友達《フレンド》】、【超友達《スーパーフレンド》】、【真友達《トゥルーフレンド》】、【最強友達《ウルトラフレンド》】、【頂点友達《ゴッドフレンド》】の順に昇格していく制度だ。

その上には【恋人友達《ラバーフレンド》】なる規格外も新設され、照魔《しょうま》に無理矢理授与した。

この血迷った制度はルールが設けられているようでその実シェアメルトの胸先三寸なところ

があり、エルヴィナと照魔も大いに苦戦を強いられた。

リィライザも長年の付き合いの同僚女神だ、そのランクは比較的高いのだろうと思いきや

――

「うん。リィたち、【他人《アザーズ》】だょね」

きっぱりと言い切った。

「ははは、相変わらずお前はジョークのクオリティだけは最かわだな……私とお前は【真友達《トゥルーフレンド》】ぐらいはあるだろう、ちなみにエルヴィナとは【頂点友達《ゴッドフレンド》】だが」

「吐血するぐらいぁまぁまに見積もっても【同僚《コンパニオン》】かなー」

「……まあ、お前とは【最強友達《ウルトラフレンド》】あたりで手を打っておくとして……私へのお願いとは何だ。まさか、早くも人間界の侵攻に行き詰まったか？」

妥協すると見せかけてむしろ昇段させる高等テクニックを駆使しながら、話を強引に移し替えるシェアメルト。

「【神略】は順調だょ。もう一千万人以上の人間がリィの下僕だもん。だからリィはここで手を緩めないで、一気に攻勢を仕掛けたいんだぁ。シェアちゃんの力を借りて☆」

「いい心がけだ。して、その方法とは？」

「天界の奥義《おうぎ》──『百合営業』だよ」

「ほう……百合営業とな。本気のようだな……リィライザ」

ギラリと目を輝かせるシェアメルト。

『天界の恋愛博士』である彼女が、その知識を持っているのは当然のことだった。


百合営業──読んで字のごとく、ビジネス関係で百合百合する様をそう呼ぶ。

その歴史は古く、神話の時代にまで遡《さかのぼ》る。

男性の存在しない天界では女神同士で恋愛関係に発展するのも自然な成り行きであり、それよりもう少しライトな関係──百合も程なく誕生した。

恋愛に興味はないが、他の女神から矢印を向けられるのも面倒な女神同士が利害の一致によって結んだ、防御手段としての関係。

それが、百合営業の始まりだとされている。

太古の昔に女神が築き上げた百合の系譜は今に至るまで脈々と受け継がれており、現代の人類女性たちも百合営業を存分に活用している。

VTUIER《ブイチューイヤ》もまた百合営業の名手であり、恋愛に奥手な男性たちを怯《おび》えさせることがないよう、先手を打って女の子の同業者同士でイチャつくことで「男性とは恋愛しませんよ」アピールをすることがままある。

百合営業とはさながら空《から》の両手を挙げ、武器は持っていないと相手にアピールすることに等しい。

それによってファンたちは安心感を覚え、心おきなく応援することができるのだ。


リィライザは重ねた両手を頰《ほお》に添え、これ見よがしに安心のポーズをする。

「話が早くてよかったぁ。シェアちゃんお願い、リィと百合百合して☆」

獅子《しし》は小兎《こうさぎ》を狩るにも全力で挑むという。

たかが一つの人間界を掌握するために百合営業という名の全力を尽くす女神……それがリィライザなのだ。

だがシェアメルトも、天界最強の六枚翼《エクストリーム》の一人。

持ちかけられた百合の裏に潜む企みを見抜けないほど、甘くはない。

「────腹を割って話がしたいなら、本来のお前で語れ。さもなくば私の心には響かんぞ、リィライザ」

不敵に微笑しながらそう断じられ、リィライザの作り笑顔が薄れてゆく。

「……。あぁそうかい。じゃあリクエストにお応えしてやるよ」

そして完成された人造萌え声が、唐突に粗野なものへと変わった。

人生の酸いも甘いも噛《か》み分けた女傑《じょけつ》の猛々《たけだけ》しさが声に宿る。

まだシェアメルトが人間界に向かう前の邪悪女神《ゾディアクス》の会議の折にも、彼女はエルヴィナに彼氏ができたと聞いた怒りで言葉が乱暴になる一幕があった。

これがリィライザ本来の気質なのだろう。

シェアメルトもそう思っていたが、それは本人からすぐに否定された。

「けど履き違えるなよ。あくまでこの口調《ベシヤリ》の時のリィの方が仮の姿なんだよ。てめえらのノリに合わせて作ったキャラだ」

「なるほどな……だがそっちのお前の方が好きだぞ、私は」

「……。さすがじゃねえかシェアメルト、その調子だ。そういう不意打ちの告白が人間には刺さるんだよ」

リィライザは仏頂面《ぶっちょうづら》を緩め、頼もしげに口角を吊り上げる。

百合に試合開始のゴングはいらない。

要請された百合営業は、早くも始まっていた。

「しかしな。私がお前と百合ることに、何のメリットがある？　私が愛するのはあくまで友達関係だ……百合は少し違うのでな」

今度はシェアメルトが交渉をする番だった。

ビジネスでの百合関係だというのなら、当然そこには対価があって然るべきだ。

配信者ではないシェアメルトには、リィライザと百合るメリットがない。

無論、彼女がそう来ることはリィライザの予想の範疇《はんちゅう》であった。

「一度敗北して天界に戻ってきたお前は、何か理由ができない限りそうそう人間界には行けない。エルヴィナにも会えないだろ？」

口調こそ粗野になったものの、言葉から滲《にじ》み出る知性のようなものはむしろ増したように思える。

リィライザはあくまで淡々と条件を提示した。

「けどリィの【神略】の手助けをするという名目なら、一緒に人間界についてきても何の問題もねえはずだ」

「フッ、なかなか交渉上手なやつだ。確かにそれは魅力的だな」

リィライザの言うとおり、『天界の意思』の許可を得て人間界に侵攻している状態の六枚翼《エクストリーム》たちは、ひとたび侵攻に失敗すれば再出撃は難しい。

何か理由を見つけなければ、シェアメルトはエルヴィナとのリターンマッチも叶わない。

リィライザの提案は、まさに渡りに船だった。

「もっとも……それが本当にできてしまったら、いよいよあの人間界も終わりだろうな。翼が半減したエルヴィナは別として……六枚翼《エクストリーム》が二人同時に訪れた人間界など、おそらく前例が無いはずだからな」

「契約成立だねっ☆」

リィライザは萌え声にリバースし、指を頬《ほお》に当ててかわい子ぶりっ子のポーズを取った。

シェアメルトのようなつきまとい体質の女と百合を繰り広げるなど、危険が大きすぎる。それは普通の人間がちょっと暖を取りたいと考えて、太陽の重力圏にまで近づくような蛮勇だ。

だが、そんなシェアメルトが相手だからこそ百合が活きる。

あえて太陽に飛び込むような冒険こそが、リィライザがこの先の飛躍のために求めている要素だった。

さらなる高みを目指すため、自らを死地に追い込むことも厭《いと》わない。

六枚翼《エクストリーム》が最強たる所以《ゆえん》がここにあった。

「……あれ？　でもさっきお前、私とは【他人《アザーズ》】って言ってたよなあ」

そして、シェアメルトが周りから避けられる要因もここにあった。

そこで満足しとけ、というラインからもうちょっと踏み込もうとする。

ギクリとした反応を見せるリィライザに、シェアメルトはドヤ顔で追い打ちをかける。

「さすがに他人同士で百合はできないと思うが……きみの見解はいかがかな？　ン？」

仲が良くなくてもするのが百合営業なのだが、そんな理屈はシェアメルトには通用しない。

「も、もちろんリィとシェアちゃんは【友達《フレンド》】だよ」

頬をひくつかせるリィライザに向け、リィライザは人差し指を立てて見せる。

「もう一声」

「友達関係って競《せ》り形式で成立すんの!? ……【超友達《スーパーフレンド》】!!」

音が聞こえるほど歯嚙《はが》みしながら、もってけ泥棒とばかりに大盤振る舞いするリィライザ。

この友達ランクでも、相当な大盤振る舞いなのだ。

シェアメルトは満足げに頷《うなず》いた。

「フッ……まあ今はその辺りでいいか。友達の頼みでは仕方ない……確かに請け負った。存分にお前と百合ってくれるぞ」

リィライザは、はあああああああ、と聞こえよがしに溜息をつき、シェアメルトへと背を向けた。

(まーいいや、利用するだけして用がなくなったらポイチャッチャヤだもーん)

(ひとたび私と友達になったらもはや魂が輪廻転生しようが解消はさせせんぞ)

二人の女神の心中で、ククククク、と下卑《げび》た笑い声がユニゾンする。

リィライザは人間など自分に心を供えるために存在する〝機関〟に過ぎないと断じる冷徹な一面を持つ。

その一方で、このように人間たちから賞嘆を受けるための努力は惜しまない。

邪悪女神《ゾディアクス》でありながら、リィライザこそ誰よりも女神という存在の特性に真摯《しんし》に向き合っていると言っても過言ではない。
その讃美への情熱が、いよいよ全開しようとしていた。
「…………百合営業、か――」
かくしてリィライザの相棒となったシェアメルトには、一つの懸念があった。
彼女は実力で勝っていながら、照魔《しょうま》とエルヴィナに敗退した。
二人の間に、生命の共有という束縛を超越した深い繋《つな》がりを感じたのだ。
果たして営業の百合で、あの強固な絆に太刀打ちできるのか――。

CHARACTER

役職：女神（六枚翼）

リィライザ

女神真名

「館に招く。天井と壁と床を壊して」

天界最かわを自称するアイドル系女神。最高位の六枚翼でありながら、カワイイを追求するための努力は惜しまない。肉弾戦闘は可愛くないという理由で、プリティな魔法攻撃を得意としている。

DIALOGUE 運命の交錯

絶対に侵入不可能だったはずのあたいのラボに痕跡一つ残さず入り込み、断じて閲覧はできないはずの極秘データをやすやすと開いてみせた銀髪の少女。

ようやく自分が何者かを明かそうと開かれたその少女の唇はまたすぐに噤《つぐ》まれ、やがて別の質問の形を取っていった。

「私は……何もしてはいないので安心してください。……ですが」

少女はデスクの上のキーボードに指で触れながら、あたいを横目で鋭く射抜いてきた。

「――ここに記されているのは、人類が独学で到達するのは不可能な技術。あなたはこれを、どうやって手に入れたんです？」

「ここで研究してることは、国家……いや、世界レベルの機密だ。見ず知らずのお嬢ちゃんに懇切丁寧に教えてあげる義理はないよ」

気丈に言い返してはみたが……その子には、あたいの声が震えているのを悟られていたかもねえ。

笑っちまうよ。筋肉モリモリの大男相手にも、野生の猛獣にも、まして二本足で歩く天馬みたいな怪物にだってブルッたことのないこのあたいが、一回り近く年下の女の子に問い詰められただけで腰を抜かしそうだってんだから。

目が違うんだ。一目で分かったよ。

この子も——地獄を見てきたんだって。

生まれた時にはすでに世界が衰退していたあたいとは、わけが違う。

おそらくは世界が滅ぶその瞬間を……本当の地獄を、その目に焼き付けたんだろうさ。

自分が何者であるかを明かしたくないのではなく、明かす資格がないと思っているような……自罰に満ちた彼女の横顔を見て、あたいも興奮が少し落ち着いてきた。

「あたいは創条《そうじよう》猶夏《なおか》。このビルの責任者だ。あんた、産業スパイか何かかい？」

そんなチンケな小悪党なんかじゃないのはわかり切った上で、努めて穏やかに問いかける。

「そのデータ、持って行きたかったら持って行ってもいいよ。どこの差し金か知らないが、研究できるものならしてみればいいさ」

「持って行ってもいい……？」

「別にこの技術を発展させるのは、誰でもいいんだよ。あたいはこの力が、世界に光をもたらすと信じてるからね」

今の言葉の何が琴線に触れたのか、少女はあたいのことをやっと正面から見据えてきた。

「あなたが今研究しているこの技術が、かつて世界を滅ぼしたと知っても——ですか？」

そして、唐突に核心を突いてきた。
おそらくこの世界の誰も知るはずのない真実。あたいも墓まで持っていく覚悟を決めたことを。

「ああ、知ってるよ、聞いたからね。だからこそ信用できるんじゃないか、この技術で世界を復興させることができるって」

「……そうですか……ですが今のままでは、この力を世界の復興のために使うことはできません……単なる破壊エネルギーとして運用することが関の山でしょう」

そこまで正確に見抜かれちまってるっていうのかい。やっぱりこの子はただ者じゃない。だったら、全部教えてあげるよ。あたいがどんな思いで、その不完全なデータと毎日睨《にら》めっこしているかをね。

「だから一生懸命足掻《あが》いているんじゃないか。あたいには、まだ幼い息子がいる……。せめてその子には……明るい世界を生きて欲しいのさ」

それからどれほど長い間、少女は黙考していただろう。
セキュリティに一切痕跡を残さず侵入されたもんだから、いつまで経《た》っても手荒な警備システム諸々が作動することもない。

あたいとこの子、二人だけの空間、二人だけの時間だ。

全く、静かな夜だ……。

ほんの少し、僅かずつ少女の顔つきが変化していくのを見つめていると――ついに、何かを決意したような凛々《りり》しい面持ちへと辿《たど》り着いた。

「猶夏《なおか》さん。次代への希望を紡ごうとしているあなたを信じて……私の持つ技術の一端を伝えます」

何を言うのかと色々予想してはいたが、そのどれもをぶっ千切って余りあるとんでもないことを、少女はいともあっさりと口にした。

「じゃああんたは、この技術をすでに自分のものにしてるっていうのかい!?」

それには答えず、少女はとんでもない速さでキーボードを叩き、あたいの研究データに修正を加えていった。計算式のスクロールが速すぎて、何をしているのかすら把握できない。

おそらくあたいの独力じゃあ、生涯を費やしても辿り着けなかっただろう、この新エネルギーの真実。

それすらも、この子にとっては『技術の一端』なんだね……。

「……終わりました」

程なく、少女はキーボードから指を離した。まさに、一瞬の仕事だ。呆気《あっけ》に取られることしかできない。

「ただし、約束してください。二度と、『持って行きたかったら持って行っていい』などとは口にしないと。責任を持って、あなたがこの技術を管理してください」

この娘《こ》はどうして、こんなに哀しい顔をしているんだろう。

この技術を得て、使いこなして……あんたは、幸せにはなれなかったのかい……？

少女は寂しげに、そして強い意志を瞳に宿らせながら、あたいに言い含めてきた。

「あなたがもしこの力を私利私欲のために使用したその時は……かつてこの世界を襲った以上の悲劇が訪れることでしょう」

「……約束するよ。この技術は、息子に……世界に笑顔を取り戻すため以外には決して使わない。使わせない」

少女が小さく頷《うなず》き、白衣のポケットからペンのようなものを取り出した、その瞬間。

彼女の全身が光に包まれて、輪郭が薄れていく。

あたいははっとして、最後にもう一度だけ問いかけずにはいられなかった。

「待って……！　あんたの名前を教えておくれ!!」

「…………」

少女はやっぱり名乗ってはくれない。

名乗りたくない、あるいは名乗る資格がないのではなく……もはや名乗る名前を捨ててしまったのでは――そんなふうに考えちまうくらい、切なげに目を伏せて。

だったら、名前を教えてくれなくていい。せめて……どんなことでもいいから、あんたのことを教えておくれ。

消えゆく少女に手を伸ばし、あたいは必死に尋ねた。

「あんたは、いったい何者なんだい……!?」

「…………私は――」

こちらを振り返ることなく、少女は一言だけ言い残し、光の中に消えていった。

『私は、世界をわたる復讐者です』

MYTH：4　女神の営業

ライトタワー五三階、シアタールーム。

本来は従業員のレクリエーションのために設置された私設の映画館だが、今日は臨時の会議室として使用されていた。

数十席敷設されたエグゼクティブシートには、照魔《しょうま》とエルヴィナ、詩亜《しあ》と燐《りん》、マザリィの五人が揃《そろ》って座っている。

驚愕《きょうがく》の高品質映像、別次元のクリアサウンド、そしてこだわり抜いた空間演出が一体となってもたらされる、理想的な映画体験。

先進的な機能をふんだんに盛り込んだシアターで、本日上映されているのは――

『みんなー、今日もリィとデートしようねっ☆』

女神リィライザの配信動画だった。

本日の内容はゲーム実況。世界的に知名度の高いアクションゲームだ。

ゲーム画面が出力された画面の右下で、アバターのリィライザが一喜一憂している。オーソドックスな形式の実況で、特段新しいことをしているわけではない。

『ここどうやって進めばぃいの？　みんな、コメントで教えて〜！』

が、リスナーは沸いている。コメント欄が滝のようにスクロールしていく。

その滝のようなコメントの中から的確に拾い上げてリアクションをするものだから、さらに盛り上がっていく。

理想的な配信動画と言えるだろう。配信者が、邪悪女神《ゾディアクス》でさえなければ。

大層不満げに腕を組み、足を交差させてシートにたっぷりと背をもたせかけているエルヴィナは、画面に向かって生のコメントを投稿した。

「…………堕ちたわね、リィライザ……あの程度の敵を相手に人間の知恵を借りようとするなんて……私なら連射で即殺するわ」

「ゲームの敵キャラ相手にさえマウント取らなきゃ気が済まねえんですかエルちゃんは……」

しかし奇《く》しくもエルヴィナの言うようにひたすら連射して倒す、がゲーム的にも正しい攻略法であり、リィライザも同じことをコメントから掬《すく》い上げていた。

テレビゲームの概要を理解せずにそれを見抜くとはさすがはエルヴィナ、類《たぐ》い希《まれ》なる戦闘本能の為《な》せる業である。

リィライザの振る舞いを見て、声を聞いて、マザリィは観念したように小さく唸《うな》った。

「……確かに。あれはリィライザ本人にしか見えませんわね……」

やがてゲーム実況に一区切りつけたリィライザは、雑談をしながらリスナーとのコミュニケーションにシフトしていく。

『今日もみんなの〝好き〟をたーくさん教えてね！　もちろんリィはマストだよ!!』

照魔《しょうま》はその質問に、配信動画以外でも聞き覚えがあった。というか、寄って集《たか》って耳元で連呼された。

「この前戦ったコウモリメガミも言ってた！　『お前の好きなものを教えろ』って」

さすがの照魔も、この共通点を発見した以上はリィライザへの警戒心を持たざるを得ない。

「まーでも配信者だったらアリキな質問じゃないですかね？」

詩亜《しあ》が言うように、確かにありきたりな質問――マーケティング調査ではあるが、女神たちが一様に「好きなものを教えろ」と言ってくるのは不気味なものがある。

配信動画をわざわざ私設の映画館で観たのは、単に遊ばせている施設を有効活用するためだけではない。

リィライザがもし動画を通じて何らかの能力を行使しているとしたら、より大きな画面、より優れた音響で体感することにより、その影響が顕著になるのではないかと考えたからだ。

マザリィの部下たちが帯同していないのは、マザリィが万一リィライザの術中に陥った時に即座に駆けつけて助けるためだった。

しかし、動画を観終わったマザリィの表情は優れない。

「少なくともこうして映像を観た限りでは……女神力《めがみりょく》による洗脳などを行使している様子はありません」

マザリィでさえも一切の女神力《めがみりょく》を探知できないということは、リィライザは本当にただ動画配信をしているだけということになる。

メガクルに彼女が邪悪女神《ゾディアクス》であると登録するのを早まらなくて正解だった。

○　●

動画鑑賞後に場所を移し、いつもの会議室。

今度はマザリィの部下たちも全員集まり列席している。

壁の大型モニターには、安全性が確認されたリィライザCHをあらためて表示。

議論が始まると、マザリィは真っ先に私見を述べた。

「リィライザは【神略】を行っているわけではない――というのがわたくしの結論です」

部下たちも含めその場にいる者たちの視線を一身に集めながら、マザリィは語調を強めた。

「いんたーねっとを通じて人間界のことを勉強する。本人がこう言っていて実害も何も出ていない現状、神聖女神《セイヴアリド》は手出しができません」

「その辺、こっちのお巡りさんと同じですね……」

詩亜《しあ》が落胆の声をこぼす。実害が出てからでなければ対処できないというのは、歯痒《はがゆ》いことだが人間界の防衛組織も変わらない。だから、人間の側から強くお願いすることもできない。

エルヴィナは不機嫌も露わに、マザリィの意見に食ってかかった。

「邪悪女神《ゾディアクス》が素直に人間との共存の道を模索するはずがないでしょう。それだったらリィライザは初めから神聖女神《セイヴアリド》に与《くみ》していたはずよ」

「絶対にあり得ないとは言い切れないでしょう。現にエルヴィナ、あなたがこうして人間界を護る立場に立っているのですから」

「私は別に人間界を護っているわけではない——何度もそう言ったはずよね？」

エルヴィナとマザリィが、激しく視線を交錯させる。

「リィライザの神起源《アライブ》は〝讃美〟……人に注目されることが生き甲斐《いがい》のような、よくも悪くも女神という生き方を一番体現しているような奴よ。動画をたくさん観られるよう仕向けているのも、何かの下準備に決まっているわ」

「神起源《アライブ》が他人に注目されることっていうなら、リィライザはバズればバズるほど戦闘力が上がるのか……？　力を蓄えるために動画配信してる……とか」

「あり得なくはないけれど、それも疑問だわ。六枚翼《エクストリーム》なら力を蓄えるまでもなく人間界の一つや二つ容易《たやす》く制圧できるのよ。どうしてこんな回りくどいことをする必要があるの？」

照魔《しょうま》とエルヴィナの会話の隙間を縫って、燐《りん》も意見を加える。

「社長とエルヴィナさまが……六枚翼《エクストリーム》である女神シェアメルトを退けたことを鑑みて、念には念を入れている可能性はないでしょうか」

「同僚が負けたのを見て慎重になるようなやつは、邪悪女神《ゾディアクス》になっていないわ」

「すっげー説得力……」

さすがの詩亜も納得せざるを得ない。

同志が敗北したらざまあとせせら笑って、自分はそいつと違うぞと意気揚々と戦いに赴く。それが邪悪女神《ゾディアクス》だ。力で全てを解決しようとする集団なのだ。

今日の会議は、エルヴィナにしてはちゃんと理論立てて反論をしている。

相手が六枚翼《エクストリーム》だけに、僅かな楽観も命取りになると思っているのだろう。

「でもさエルちゃん……別にあの女神の肩持つわけじゃないですし敵だとは思ってますけど、ちょっと危険視しすぎじゃないかなって」

「別に恐れているわけではないけれど……逆に、メイドさんが敵の女神のフォローをするのは珍しいわね」

「邪悪女神《ゾディアクス》だっていう前提抜きにして観れば、リィライザＣＨの動画めちゃくちゃ面白いですよ。トークも上手いし、盛り上げ方もよく考えてます。ミリしらゲームの実況にあんな情熱込められるって、すごいですよ」

少《ミ》しも知《リ》らないであろうゲームの実況をしているのに物凄《すご》い熱量を感じたというのは、照《しよう》魔《ま》も同意見だった。

むしろ、私生活が忙しくて大好きなゲームをほとんどできない日々を送っているだけに、調査であることも忘れて動画に見入ってしまったほどだ。

詩亜《しあ》は、さらに語勢を弱めながら意見する。

「翼が六枚ある女神ってみんな、一人で世界を滅ぼせるぐらいの力を持ってるんですよね？それが、人間に好かれるためにゲームを勉強してるって考えると、すっごく努力はしてるんだなって思えて……」

「…………」

エルヴィナは何かを言いかけたが、言葉を呑《の》み込んだ。反論しようと思えばまだまだできるが、詩亜が殊勝な態度で意見しているので控えたのだろう。

照魔は腕組みをして唸《うな》りながら、壁のモニターに表示されたままの動画サイトに目を向けた。そのモニターと映像を共有しているノートパソコンを操作していく。

「何もしてないのも事実だし、何かする可能性があるっていうのも本当だろうし……」

照魔が注目したのは、リィライザのチャンネルの概要欄だ。

メールアドレスだけとはいえ、ご丁寧に連絡先が記載されている。

「一度こっちからコンタクトを取ってみるのも手かもな……会社として案件を依頼するんだ。人間界にいる女神として、メガクルに登録したいっていう線でもいいと思う」

「名案でございますね」

「ええ、ナイスアイディアよ照魔。対話の途中でリィライザが本性を現して暴れだしでもしたら、大手を振って倒せるもの」

「ここで戦うのはやめてくださいよ、エルちゃんたちが本気で戦ったらこのビル跡形も無く消えてなくなっちゃいますよ……」

やや懸念はあるものの、詩亜も燐《りん》やエルヴィナと概ね同意見だった。

「……シェアメルトはこの人間界を調査して多くの情報を知り、そしてそれを天界へと持ち帰った。それから邪悪女神《ゾディアクス》の動きに変化があったことは確かだわ」

シェアメルトとの戦いの最中、照魔とエルヴィナは彼女から驚愕《きょうがく》の事実を打ち明けられた。

自分たちの世界と同じ「人間が気力を失う病」は、他の多くの人間界でも起こっていたことなのだと。

そしてその事実を、マザリィたちも突き止めているはずだとも言っていた。

照魔はそのことについて、マザリィに聞くことができずにいる。情報を得ていながら何故それを自分たちに打ち明けてくれないのか、理由がわからず不安だからだ。

ついつい視線を送ってしまったせいか、マザリィから照魔に問いかけてきた。

「照魔《しょうま》くんのお母様は、この人間界でもかなりの名士なのでしょう？　ＥＬＥＭ《エレム》という技術の開発者でもあるとか……。一度ご本人から詳しくお話を伺うことはできませんか？」

「それが、最近母上と全然電話が繋《つな》がらないんです……。ここ二か月の間、会うのはもちろん会話すらしていない……」

偶然だとは思うが、シェアメルトから世界の真実の一端を明かされて以降、母親と連絡がつかなくなってしまった。その事もまた、照魔を不安にさせる一助となっていた。

「社長、一応奥様から連絡は頂いております。多忙すぎて時間が取れないと……ですが女神であるマザリィさまがどうしてもと仰《おっしゃ》るのであれば、おそらくは奥様も――」

猶夏《なおか》と主にメールなどを通じて業務連絡をしている燐《りん》がフォローをしようとしたが、マザリィはそれをやんわりと固辞する。

「いえ、大丈夫です。どのみち人間界の科学技術について説明を受けても、わたくしでは理解できません。ただ人間界を調査していて、少し気になることがあったものですから」

「気になること？」

ちょうど自分が考えていたことを口にされてぎくりとしながら、照魔は聞き返した。

「果実が落ちる様を見て引力の存在を知るように……人間が技術を発見する時には必ず何かのきっかけが存在するはず。ＥＬＥＭ――本来神々の能力である心を操る技法。それをどのように発見したのかを、わたくしは知りたいのです」

それは、自分の母親が天才だったとしか説明しようがないはずだが……技術発見のきっかけになる出来事を知ったからといって、マザリィは何かがわかるというのだろうか。

「それはさて置き……照魔くんのお母様は、忙しくてなかなか会うことができないのですね。でしたら」

「『わたくしのことを母親のように思ってくださいね』なんて言わせないわよ」

卓越した戦闘センスでマザリィの思考を先読みし、言葉の先を封じ込めるエルヴィナ。

マザリィはぷりぷりと怒りを表して抗議した。

「またあなたはそうやって邪魔をする！　いつも頑張っている照魔くんを甘やかしたいという気持ちが何故いけないのです!!」

「その気持ちがいけないとは言っていないわ。恋人である私以外が照魔を甘やかすことが悪なのよ」

「邪悪女神《ゾディアクス》であるあなたが何かを悪と断じるなど笑止な!!」

マザリィとエルヴィナは同時に立ち上がった。互いの双眸《そうぼう》から光線を出し合って中間で激突し、拮抗《きっこう》しながら押し合う様を幻視するほど激しい視殺戦を繰り広げる。

照魔と燐は苦笑し、詩亜《しあ》はげんなりする。全員で会議をしていれば三回に一回はエルヴィナとマザリィの口喧嘩《げんか》が始まるのでもう慣れてしまった。

「だいたいあなたでは照魔くんを甘やかすことなどできないでしょう！　大きさこそなかなか

のものですが、あなたの胸、戦いに明け暮れて岩より硬く鍛え上がってしまっているのではなくて!?」

「私の胸は硬くないわ。そうよね、照魔《しょうま》?」

軽く流し見していたら剛速球で流れ弾が飛んできて、照魔は思わずどぎまぎしてしまう。

「……え、あ、その……」

「何事ですの、そのようにわかりやすく頬《ほお》を染めて!? 照魔くんならこんな時『何で俺に振る!?』などと元気よい音色を喉奥から奏でているはずです!!」

悲痛な音色を喉奥から奏でるマザリィ。

「さすが最長老! 照魔きゅんの声真似もいい感じに仕上がってきています!!」

マザリィの部下たちは次々に立ち上がり、応援やら野次やらを飛ばし始めた。

「だいたい照魔きゅんを独り占めしようとするのが気に入らないですー」

「この際やっちゃってください最長老! 今の弱体化したエルヴィナなら軽くけちょんけちょんにしてやれます!!」

怒りを通り越して呆《あき》れた眼差しで、マザリィの部下たちをぐるりと見渡すエルヴィナ。

「どいつもこいつも、私の翼の数が減った途端に威勢が良くなるのね」

「うるさーい! 私も彼氏欲しいー!!」

積もり積もったものが爆発したのか、今日はマザリィの部下たちもかなり好戦的だ。

「何なんですかもう、ようするにエルちゃんが彼氏持ちっていう設定になってんのが気に食わなくていつもギャンギャン言ってんすか女神さんたちは!?」

「設定ではなく事実よ」

鋭く差し込まれたエルヴィナの抗議をメイド回避術でやり過ごし、詩亜《しあ》は手を叩いて皆の注目を集めた。

「はいはい盛《さか》った雲の上の雌猫ども、ちゅうも～く！　エルちゃん羨《うらや》ましくて恋人欲しいんだったら、ここに超優良物件がいまーす!!」

そう言いながら詩亜が指差したのは──燐《りん》だった。

常に沈着冷静な燐も、さすがにこの提案にはぎょっとする。

「！　恵雲《えくも》くん!?」

「いいじゃないっすかー、こーんないい男がフリーなんてふつーあり得ませんからね！　早い者勝ちですよー!!」

席を立って燐の背後に回り、彼の肩を揉《も》みながら女神たちにアピールする詩亜。

「………募集は、していませんので……」

寂しげな苦笑いを浮かべる燐を見て、詩亜は思わず肩を揉んでいた手を止める。

そして何より、女神たちの方も食いつきは芳《かんば》しいものではなかった。

「確かにこちらの男性──斑鳩《いかるが》さんといいましたね、この方は人間界でも最上級に整った容姿をされているのでしょう。ですがわたくしたちには何故か、照魔《しょうま》くんの方が輝いて見えるのです……」

燐《りん》に申し訳なさそうな視線を向け、見比べるように照魔へと視線を歩ませるマザリィ。部下たちも皆同じ考えのようで、概ねマザリィに続いて同じ視線移動をしている。

しかし燐はそれを聞くや、むしろ晴れやかな笑顔を浮かべ、深々と礼をした。

「今はっきりとわかりました。僕はこの方たちを心から信用できます」

「うぉい燐くん!?」

唖然《あぜん》とする詩亜《しあ》を置き去りに、燐は心底嬉しそうに何度も頷《うなず》く。

主人を褒《ほ》められ、好かれることが従者の何よりの喜び。

先ほどマザリィたちの思惑を量りかねて一片の不安を感じた照魔とは対照的に、燐はマザリィたちへの信頼を深めていくのだった。

「………………」

そんな様子を見つめているエルヴィナの心中も複雑だ。

恋人の照魔がモテるのは誇らしいことであろうが、一方で煩わしくもある。そういった心の機微も、彼女には上手く言語化ができないもどかしさなのであった。

話題に取り残されていた照魔だが、有耶無耶《うやむや》になっていた提案にきっぱりと断りを入れておく。

「ありがとうございます、マザリィさん……でも俺、あまり甘えてもいられないです。もっと自立しないといけないから」

「まあ、照魔くんは今でもしっかりと自立しているでしょう？」

「だったら今以上にしっかりとしたいんです。俺、創造神になるって決めたから」

照れくさそうに打ち明ける照魔を見て、マザリィは目を瞬かせる。

「………………それは、次期創造神であるわたくしとともに歩む的な……プロポーズですね？」

ちょっとした日常の中の言葉をたやすくプロポーズに誤変換する日本語入力機能を搭載したマザリィが、ギラリと目を光らせる。

しかし、照魔が戦いの中で初めてその宣言をした時に隣で聞いていたエルヴィナは、我がことのように得意げな顔つきでマザリィの妄想を真っ向から否定する。

「脳を天界に置き忘れてきたの？　照魔は私と創造神になるのよ」

「……今、何と？」

「私と二人で、創造神になるの。二人でそう誓い合ったのよ。わかったら地上から消え失せなさい、マザリィ」

「────照魔くんが……エルヴィナと……」

気を失い倒れ込むマザリィ。穏健派でもさすがは女神、後頭部が当たった壁の方がやすやすと砕けた。慌てて駆け寄る部下の女神たち。

結構大事な話をしていたはずなのに、まとめきれないまま会議が終わってしまった。

もう少し会社組織としての団結力を高めなければ、何か大掛かりな事件が起こった時に対処できなくなってしまうのではないか。照魔《しょうま》の不安は尽きない。

○●

会社ビル内の休憩《レスト》エリアに立ち寄った燐《りん》は、自販機で珈琲を淹れてソファに腰を下ろした。

ふと溜息がこぼれそうになった瞬間、鼻腔《びくう》をくすぐる優しい香りが彼の呼吸を止める。

隣に視線を向けると——いつの間にやって来ていたのか、詩亜《しあ》が俯《うつむ》きながら座っていた。

「さっきはごめんね、ヘンテコ女神さんたちあてがおうとして……」

普段のメガついたテンションはなりを潜め、しゅんとしながら燐を窺《うかが》う詩亜。

どうやら先ほどの会議中の些細《ささい》な一幕を気にしていたようだ。燐は柔らかに苦笑する。

「気にしていませんよ」

「でもあん時の燐くん、けっこうテンション低めだったから……怒ったのかなって」

「まさか。むしろ、ああいった和やかな冗談に合わせられない自分の不甲斐《ふがい》なさを悔やむばかりです。ジョークの上手さを競う大会に出場しておくべきでした」

不得意だと嘯《うそぶ》く冗談も切れ味鋭く、肩を竦《すく》める燐。詩亜は思わず笑みをこぼす。

「いや冗談ならむしろ燐くんも余裕で有段者っつーか、たまに詩亜以外の全員もれなくボケ散らかすから、常識人枠で取り残されて心労がマッハなんですけど……」

燐は微笑《ほほえ》みながら自販機に向かう。詩亜の分の珈琲を淹れて席に戻り、そっと手渡した。

断熱性抜群のカップを両手で包み、俯く詩亜。濃褐色の鏡に揺らめく自分を見つめ、か細い声で語り出す。

「昔はここまで恋愛とかこだわらなかったんだけど……詩亜、ちょっと焦ってきてるのかな……。エルちゃんがどんどん変わっていくから……」

「エルヴィナさまが？」

「最初の頃はさ、生命分け合ったから仕方なく恋人やってますって雰囲気だったっていうか……めちゃくちゃ傲慢《ごうまん》だったじゃん。自分は女神でございい、人間なんてみんな私に傅《かしず》いて当然だ――みたいな」

「初めから自信に満ち溢《あふ》れていらっしゃいましたね」

「でも今のエルちゃん……いや今もマウント癖は少っしも治ってないんだけど……。時々、すっごい不安そうに詩亜に尋ねてくるんだよ、ファッションとか、流行りモノとか。好きな子に嫌われることに怯《おび》えてる目で見つめてくるんだよ？　女神さまが」

「……そうですか。エルヴィナさまがそんなことを……」

していている。

エルヴィナは確かに好奇心旺盛だ。人間界で見聞きするものの多くに興味を示し、知ろうとしている。

しかしそれがこと照魔《しょうま》に関係することとなると、好奇心より不安が勝っているように感じてしまう。

エルヴィナのお世話を任されている詩亜《しあ》は、エルヴィナの心の機微がわかりすぎるほどにわかってしまっていた。

もっとも——最初は仕方なく恋人をやっていたと洞察している時点で、詩亜でさえもエルヴィナの心の内は理解できてはいないのだが。

「永遠に若いとか、生まれた時から見た目が整ってるとか……そんなんはしゃーないって割り切れても、あれはやーばいっすわ。本気の『好き』に対抗意識燃やすのって、カロリー使うんだこれが」

「…………わかります」

そう独りごちた燐《りん》を意外そうに見た後、詩亜は珈琲を一口飲み人心地ついた。そして、意を決して質問する。

「蒸し返すみたいでゴメンだけど、燐くんってどうして彼女作らないの？」

「————それは……」

燐は詩亜を見つめ返し、その円《つぶ》らな瞳と視線を重ね合わせた。

コイバナにはしゃぐ少女の目が、ほんの少し、困惑を帯びる。

あと一秒そのまま見つめ合っていたら、意味が出てしまう。

その刹那《せつな》で視線を切り、燐は肩を竦《すく》めた。

「……今は仕事で手一杯で……恋人を作る余裕なんてありませんよ」

「だったらなおさら、同じ会社にいる女の人の方がいいじゃん！　マザリィおばちゃまの部下の子たち、見た目がバラエティ豊かでどんな好みでも誰か一人は合いそう！」

「僕は――」

燐は嘆息すらも呑《の》み込み、苦みを帯びた微笑を浮かべた。

手にした紙コップが、何かの代わりに小さくひしゃげる。

再びその穏やかな眼差しを詩亜に向けた時、彼の口許には優しい笑みが形作られていた。

「――僕は、女神の方たちと交際する資格はありません。女神の皆様とは手を繋《つな》ぐこともできないのですから」

「そういや人間の男は女神さまに触れないんだっけ……変な縛りだよね。この会社で普通の男の人、燐くんだけだもんねぃ」

詩亜ははっとして、慌てて両手を振って自分の発言を否定した。

「もちろん照魔さまも普通の人間だよ!?　でも、女神さまパワー……女神力《めがみりょく》だっけ？　それがあるし、空とか飛べるし……」

「ええ、わかっていますよ。だからこそ、時折歯痒《はがゆ》く感じてしまいます。どんな試験を受けても、資格を取っても、大会で優勝しても……照魔《しょうま》坊ちゃまと一緒に戦う力だけは手に入れることはできません」

それは燐《りん》の本心だった。

殺人的な仕事量をこなし、超人的な技量で会社経営を支える一流の執事。

照魔自身がそう自覚しているが、燐がいなければこの会社はとうに立ち行かなくなっていただろう。

だがそんな燐ですら、女神との戦いに関しては無力感を覚えてしまう。

もっと力が欲しい……そう嘆いて、自分の手の平を見つめた夜も一度や二度ではない。

「たとえばさ、マザリィおばちゃまとかに相談して……うちらもちょっとだけ女神力《めがみりょく》もらうとか、できないのかな」

「そうですね……。坊ちゃまのお力になれるのであれば、僕は何にでもなる覚悟はありますが……」

「そしたら女神ちゃんたち触りたい放題だね！」

「いいえ、坊ちゃまの戦いを支えるために有効活用致します」

メイドと執事――従者同士の微笑《ほほえ》ましい語らいは、それからしばしの間続いた。

目まぐるしい毎日の中、一日に数分あるかないかのこの二人きりでのお喋りが、どれほど掛け替えのない時間なのか——語らううちの一人は、知る由も無かった。

○
●

明くる日の午後。

定例会議中に敵性女神出現の報を受けた照魔とエルヴィナは、速やかに現場の住宅街へと向かった。

現れた女神は先日戦ったコウモリメガミと同じような見た目だが、体色や翼の形が違う個体……エルヴィナはコンドルメガミと呼称していた。

出現数も四体と以前に比べて圧倒的に少なく、戦闘自体はあっという間に終わったのだが、照魔には気がかりなことがあった。

「また同じ質問をされたな……。一体何を調べてるんだ？」

『お前の好きなものを教えろ……!!』

今日戦ったコンドルメガミも、コウモリメガミと同じその質問をやけに切羽詰まった様子でしてきたのだ。

リィライザがリスナーとのコミュニケーションの定番としている質問と、襲撃をしてくる敵性女神のする質問が同じ――この点と点が線で結ばれてさえいなければ、照魔《しょうま》もリィライザの動画配信に疑いを持つことはなかったかもしれない。

今この人間界で、いったい何が行われているというのだろうか。

「早く帰るわよ、照魔。沐浴《もくよく》がしたいわ」

エルヴィナの言うとおり、考えごとに夢中になる余裕はない。戦闘後に現場にいつまでも残っていると、観衆が集まってくるからだ。

エルヴィナとともに速やかにその場を立ち去ろうとした照魔だが、突如視界がぐにゃりと歪《ゆが》んだ。

「……!?」

凄《すさ》まじい閃光《せんこう》と奇妙な浮遊感に包まれ、天地の感覚を見失ってたたらを踏んでしまう。

顔を上げた照魔が見たものは、先ほどまで自分がいたはずの住宅街とは似ても似つかない自然豊かな場所だった。

「何だ、ここは!?」

雲まで届くような巨大な木々が繁り、天に向かって流れる川が見え、足元では色とりどりの花が咲き誇っている。

突如として目の前に広がったこの崇高で美しき光景――まるでいつかの、自分の部屋の扉を開けたら天界に繋《つな》がっていた時の再現のようだ。

「落ち着いて、これは女神力《めがみりょく》で作られた疑似空間よ。天界を再現しているのかもしれない」

エルヴィナはすでに敵襲を警戒し、左右のルシハーデスを構えながら周囲の気配を探っている。

瞬間、照魔とエルヴィナの前で花びらが一斉に舞い上がり、視界が晴れる頃には一人の小柄な少女がそこに立っていた。

「初めまして、女神会社デュアルライブスの社長さん♡」

桃色に青いグラデーションのメッシュが入った長髪。見るものをとろけさせるような円《つぶ》らな瞳。綿毛のように柔らかな装飾が腕などの各所に施された女神装衣。

この数週間、何度も動画で見た配信者の女神・リィライザそのものだった。

「リィライザ！」

「エルちもおひさだね～」

即座に臨戦態勢に移るエルヴィナとは裏腹、リィライザは余裕の表情で手を振っている。

「3Dモデルそのまんまだ……!!」

照魔が驚嘆するのも無理はない。

普通V TUIER《ブイチューイヤ》のアバターといえば、アニメ調にデフォルメされたもの。声や動きを当てている配信者に似せて創る場合もあるが、それにしても限度がある。

リィライザは、それらとは一線を画している。

まさに動画からキャラクターが飛び出してきたとしか思えないクオリティ。

アバターが変わらぬ姿で画面から現実世界に現れた。そんな印象を受けた。

いや、アバター自体が本人にあまりにも酷似していると言い換えるべきか。

今までエルヴィナが動画を観てあれは自分の同僚だと訴えてきてもぴんと来なかったが、やっと照魔《しょうま》にも理解が及んだ。

ここまで見た目が同じでは、エルヴィナは実写のリィライザが動画に出演しているようにしか感じなかったことだろう。

「あのね、リィは――」

リィライザが何か言おうとするより先に、エルヴィナは手にしたままのルシハーデスを撃ち放っていた。

しかし、恐るべきは六枚翼《エクストリーム》のリィライザ。

人差し指を顎《あご》に当て、小首を傾《かし》げる――アイドル特有のぶりっ子ポーズをそのまま回避運動に繋《つな》げ、悠々《ゆうゆう》と光弾を躱《かわ》してみせた。

「もー、エルちは相変わらず野蛮だなぁー。デュアルライブスからメールで案件の連絡もらったから来てぁげただけなのに～」

「それなら、こんな空間に私たちを閉じこめる必要はないはずよ」

エルヴィナはリィライザに冷静に反論すると、照魔に臨戦態勢になるよう促す。

「照魔……敵の術中に嵌《は》まったとはいえ、これはチャンスよ。この疑似空間の中でなら周りに気を遣う必要はないでしょう？」

「そうか、周囲の被害を気にしないで戦えるのか……!!」

「違うょ、女神同士のコラボを試しに撮ってみたかったから『セット』を作っただけ！　ちょっとだけ天界に似せてみたんだ、リスナーも喜ぶょ～」

それが本当であれば、少なくとも照魔にとっては嬉しい試みだ。

人間界と関わりができた女神たちが普段どんな場所に住んでいるか。それを世界中の人々に伝えられるだけで、女神への親近感が湧くと思う。

この場で凄惨な戦いが始まらなければ、の話だが。

「そのドローンでデュアルライブスの配信動画撮ってると思ったから、一緒に取り込んでぁげたんだよ」

リィライザが指差した背後を振り返ると、戦闘撮影用のドローンが浮遊していた。

「………ドローンのことをちゃんと理解してる……!?　マザリィさんなんて雲隠れの擬音と勘違いしてたのに……」

「リィは人間界のことい————っぱい勉強してるも～ん。撮影に使う道具はもうほとんど全部知ってるょっ！」

このドローンは元々リアルタイム中継用のカメラではないので電波は発信しておらず、別空間に隔離されても問題はない。リィライザは本当に自分たちを撮影させる気なのだ。

「だったら撮影されるといいわ、あなたが敗北して消える様を」

仮にも世界の守護者側とは到底思えない台詞とともに、エルヴィナは光弾を連射する。

「えー、だからリィはお話しに来ただけなのに～」

あざとい構えで次々に銃撃を回避していたリィライザだったが、やがて諦めたように溜息をつき、横ピースを決めた。

「————も～、エルちは戦わないと話聞かないんだからっ」

横ピースの二指を振り抜くと同時に宙に光のラインが走り、その光はリィライザの手の平に集束していく。

棒状に凝縮した光はステッキの形を取っていき、先端が紅い宝石のように、その周囲を左右と縦に広がった白い翼のパーツが十字に囲っている。

手にする武器まで可愛らしさがある……まさに映《ば》えを極めた女神。

自身の武装を、リィライザは高らかに名乗り上げた。

「メン限で公開するね！　これがリィのディーアムド……ブレイバーマギアだょ!!」

「めんげん……？」

エルヴィナがわからないようなので、照魔《しょうま》がさりげなく説明しておく。

「メンバー限定……ファンクラブみたいなもんだ。いつの間にか入会させられてるぞ、俺たち……!!」

「今すぐ退会するわ」

退会の意思表示を銃弾に込め、ルシハーデスを速射するエルヴィナ。

しかし現代、何かの退会処理のボタンは砂金よりも探すのが難しいというのが定説。

どんなにスクロールをしても退会ボタンを見つけられずページを彷徨《さまよ》うマウスカーソルのように、エルヴィナの撃ち放った光弾はリィライザの周囲を無軌道に屈曲した。

「えいっ☆」

そしてリィライザが手首のスナップでブレイバーマギアの先端を回した瞬間。ルシハーデスの光弾は、リィライザの周囲で色とりどりの花に変化した。

「あれがブレイバーマギアの力なのか!?」

愕然《がくぜん》とする照魔。

謎めいた能力のディーアムドだ。くるんと回してかざせば不思議なことが起こる、魔法のステッキのようだった。

「エルちは効率重視威力重視でカワイイが足りないの！　リィがお手本見せてあげる!!」

リィライザは、続けてブレイバーマギアを頭上に掲げて小さな円を描き、星屑《ほしくず》のような光を振《ふ》り撒《ま》いた。大きさが直径数メートルはあるので、メルヘンとは言い難い。

彼女の語尾によくついているような☆マークをそのまま巨大化させたような形の物体が、空から続けざまに落下してくる。

照魔《しょうま》とエルヴィナは左右に跳びながら辛うじて回避し、地面に突き刺さる星の轟音《ごうおん》を背に、攻撃に転じようとそれぞれの武器を構え直した。

「だあああああっ!!」

巨大な星を両断しながら進む照魔を、今度は巨大なクマのぬいぐるみが阻んだ。

「何だこれ!?」

デフォルメされた四肢から繰り出されるパンチを、照魔はオーバージェネシスの刃の腹を盾にして咄嗟《とっさ》に防いだ。

「ぐうっ……!!」

一昔前の解体現場で使われていた鉄球クレーンを真正面から浴びせられたような、凄《すさ》まじい衝撃が照魔を襲う。

それでも照魔は踏み堪《こら》え、クマのぬいぐるみを胴抜きで斬裂した。

同時にエルヴィナも、自身に襲いかかってきたうさぎのぬいぐるみを光弾で蜂の巣にしているところだった。絵面が中々にセンシティブだ。

ところが今度は、照魔とエルヴィナが撃破したぬいぐるみの中から金平糖《こんぺいとう》のような形のエネルギー体が飛び出し、二人の眼前で炸裂《さくれつ》していった。

「うわあああああっ!!」

叫びながら吹き飛ばされる照魔を見て、リィライザが満足げに頷《うなず》く。

「バッチリだょ照魔くん☆　攻撃された側はちゃーんと叫ばなきゃ！　エルちはリアクション薄くて駄目!!」

戦闘の最中、いちいち映《ば》えを気にしている。無論、余裕あってのことだろう。

リィライザがブレイバーマギアを手にしている限り、無限に攻撃を受け続けるのだろうか。

しかも、一度として同じ攻撃がないため見切ることもできない。

戦闘の画作りを意識した能力――見る者を飽きさせない工夫が、攻防いずれにも盛り込まれている。

だが照魔も戦いの場数なら積み重ねてきた。多彩な攻撃を前にしようとも怯《ひる》みはしない。

「リィライザに近づきさえすれば――!!」

一撃で昏倒《こんとう》させられるほどのダメージはないのだ。何発か被弾しようと根性で耐えてリィライザに肉薄すれば、活路はみいだせる。

照魔は三枚の翼を展開し、ブースターのように推進力を噴射して、金平糖の爆発の中を突っ切っていった。

きょとんとしているリィライザに向け、オーバージェネシスを振りかぶる。

リィライザはその突撃を目の当たりにしながら、背中に六枚の翼を広げた。

迎撃のために全力を出すのか!?　そう警戒する照魔《しょうま》の金色に輝く右の瞳は——微笑《ほほえ》みを形作っていくリィライザの唇に吸い込まれそうになっていった。


「——強くなったね、照魔くん」


優しい声音が耳朶《じだ》に届いた瞬間。

照魔は足を地面に縫い付けられたように急ブレーキをかけていた。

「…………リィライザ……？」

「えへへ……それに背もすっごく伸びたみたい。もうすぐ追い抜かれちゃぅねっ」

理解があとから遅れてやって来た。呆然《ぼうぜん》と立ち尽くす照魔の眼前で、六枚の翼を広げたリィライザと、幼い頃の記憶の中の女神とが、並んで微笑んでいる。

エルヴィナが焦りを浮かべながら叱咤《しった》してきた。

「惑わされては駄目！　リィライザはあなたの初恋の女神ではないわ!!」

「どうしてエルちにそれがわかるの？　これはリィと照魔くんだけの問題だょ？　生命が繫《つな》がっただけの部外者は口を出さないで」

オーバージェネシスのグリップを握り締める照魔の手が、力を込めるあまり激しく震える。

「……違う……俺が幼い頃に出逢《であ》った女神は、そんな冷たいことを言わなかった……!!」

「そうだね、照魔くんにはこういうリィは見せてなかったもんね……」

「違うっ!!」

まやかしを絶ち斬るようにオーバージェネシスを振り下ろす照魔。

しかしその刃はリィライザの僅か数センチ手前で止まり、迷いのままに微震していた。

リィライザはにっこりと笑うと、後ろ手に組んで軽やかに飛び退《とすさ》った。

攻撃を全て撃破したエルヴィナが銃口を向けても、リィライザは涼しい笑顔を崩さない。

「えへへー、今日の映像、使いたかったら使ってもいいょ。せっかくの女神コラボなのにエルちがょわょわで撮れ高しょぼぼだったから、リィはいーらない」

自分たちの戦いを「しょぼい」と評されたエルヴィナは、怒りを向けるより先にトリガーを引いていた。

相手を倒してしまえば何を言われようと知ったことではない。彼女の信念が顕れた一弾は、リィライザの前に出現した透明な四角の盾によって防がれた。

その盾の形はさながら停止ボタンのアイコン——戦いの終わりを一方的に告げられるものだった。

「デュアルライブスの案件は保留にさせてね？　リィ、今は自分のチャンネル大きくするのに忙しいから！」

ドローンに向けて手を振り、リィライザは光の中へと消えていく。

「チャンネル登録と高評価、義務《よろ》だよ」

いや、逆に照魔《しょうま》とエルヴィナが光に呑《の》み込まれていったのだ。

「っ！」

またも急激な浮遊感のあとにたたらを踏む照魔。

気がつけば、照魔とエルヴィナは元いた住宅街の一角に立っていた。

奇妙な空間に吸い込まれる前と同様、リィライザの姿はない。戦闘が終わって照魔たちが撤収したと思ったのか、離れて戦いを見ていた人影もさっぱりと無くなっていた。

「今のは幻覚、じゃないよな……」

「現実よ。自分に都合のいい空間を作り出す……それがリィライザの能力のようね」

徹底してマジカルを振《ふ》り撒《ま》かれ、終始煙《けむ》に巻かれたような印象だが……。

「照魔……あなたは初恋の女神のことをシェアメルトに話してしまった。その情報は邪悪女神《ゾディアクス》で共有された可能性が高いわ。これからも今のリィライザのように、あなたの心に揺さぶりをかけてくるかもしれない」

「……そうだな、俺が迂闊《うかつ》だった……」

返す言葉もない。全ては自分の落ち度が招いたことだ。

だからこそ照魔は言わなかった。

リィライザの言葉が単なる冷やかしとは思えず、自身の記憶と確かに何かが重なる温かさを感じたということを。

○　●

リィライザの突然の接触から数日。

彼女が「もっとチャンネルを大きくする」と言っていた理由は、その日の配信で明らかになった。

邪悪女神《ゾディアクス》の監視の名の下に、動画サイトを注視する——そんな奇妙な業務にもすっかり慣れた照魔たちでも、さすがに度肝を抜かれる内容が待っていたのだ。

会議室で照魔とエルヴィナ、詩亜《しあ》と燐《りん》が思い思いの真剣な顔つきでリィライザの動画を観ている。

『グべォア————————』

『あはは、このゾンビ鳴き声面白いね！』

危うく「カワイイ」という擬音が画面から飛び出してくるのを幻視してしまいそうな萌え仕草を手加減抜きに放ちながら、ホラーゲームを実況するリィライザ。

次々に繰り出されるゲームの恐怖体験にまるで怖がる素振りを見せず、むしろ現れるモンスターのいいところ探しをして愛《め》でる余裕を見せている。

照魔《しょうま》などは、ホラーで怖がらない様を発信してリスナーに喜ばれるのだろうか？ と思ってしまうのだが、

「まあ、これが正解だと思いますよ。女神の強さは世界中の人間が知ってるんですから、下手にゲームキャラに怖がったりしたら嘘くさいです」

詩亜《しあ》（有識者）はリィライザについてそう分析している。「普段は強気キャラだけど実は怖がり」路線も実況者の王道ではあるが、それもあくまで人間の女の子での話。

リィライザは、超越存在である自分の立場を冷静に俯瞰《ふかん》しているのだ。

ゲーム実況を終え、雑談コーナーに移行。

絶妙なぶりっ子トークでリスナーのコメントが盛り上がってきた頃合いを見計らって、それは発表された。

『それではいよいよ、重大発表！ 今日は、リィのお友達を紹介するねっ☆』

リィライザは何やら準備を始めたようで、画面からフェードアウトしていった。

「しむ。ある程度登録者数行ったらコラボ……横の繋《つな》がりでファン増やしてくのは妥当な流れですね」

さらに分析を進めていく詩亜。ところで「しむ」とは「詩亜がふむふむと頷《うなず》く」のようなニ

ユアンスでいいのだろうか。照魔はうっかりスルーしてしまいそうになるが、相変わらず詩亜語は難解だ。

それはそうと、未だに動画配信に不慣れな照魔にとっては、詩亜の博識が心強い。

「詩亜は本当にＶＴＵＩＥＲ《ブイチューイヤ》に詳しいんだな」

「詩亜ほどのきゃわわメイドともなると、日々可愛さの研究に余念がないんで……そういう意味じゃＶは可愛さの最前線の一つですからね」

「なるほど、さすがです恵雲《えくも》くん。……それにしても、リィライザ嬢のお友達とは一体誰なのでしょうか」

「確かに。俺たちの会社とのコラボは、本人から直に断られたからな」

燐《りん》と照魔の疑問は、程なく氷解した。

まずリィライザが、にこにこしながら画面内に戻って来た。続けて彼女に手招きをされて現れたのは――

『ん？　ここに立てばいいのか？　あっ、私が画面に映っているぞ！』

３Ｄアバターになったシェアメルトだった。

『リィのお仕事仲間のシェアメルトちゃんだょ～』

『リィライザの親友のシェアメルトだ、この名を魂に刻むがいい人間ども!!』

まさか邪悪女神《ゾディアクス》の同僚を引っ張ってくるとは想像だにせず、照魔《しょうま》は絶句した。

「なっ……シェアメルトがＶＴＵＩＥＲ《ブイチューイヤ》に!?」

「何をしているのあいつは……」

ほんの数か月前に死闘を繰り広げたばかりの女神が、気づいたらしれっとバーチャルアイドルになっている。

その事実にかつてないほど戦慄《せんりつ》し、軽く声を嗄《か》らすエルヴィナ。

しかもシェアメルトもリィライザと同じく、アバターになっても違和感が無い。

アニメタッチの３Ｄモデルになっているはずなのに、現物をそのまま見ているような感覚に陥るのだ。

これで確証が持てたが、対象を二次元世界に違和感なく溶け込ませるのはリィライザ特有の能力なのだろう。

固唾《かたず》を呑《の》んで動向を見守る照魔たちの前で、シェアメルトは「いつものシェアメルト」を披露し始めた。

『ゲームとかはよくわからんが、私は友達を募集している！　というわけで……えーと、登録者……九八〇万人？　お前たち全員、私の友人になったので、心しておけ！』

『シェアちゃん、落ち着いて、まずリィがお話するからその後に――』

『ん？　端で流れているこれが「お友達リスト」というわけか……よしどんどん文章を書き込め、一人残らず名前を暗記してやるからな』

リィライザの制止も聞かず、リスナーと交流し始めるシェアメルト。

滝のようにコメントが流れているが、うんうんと頷《うなず》きながら、名前を呼び返したりしている。どうやら嘘偽りなく一人残らず名前を記憶していっているようだ。

「まずい！　シェアメルトのストーカー特性が、動画配信とうまく嚙《か》み合ってしまっているぞ!!」

シェアメルトに「私と浮気しろ」と誘拐された経験のある照魔が、冷や汗をかき始める。彼女に名前を記憶されることの恐怖を、人類はまだ知らないのだ。

面白がってコメントを書き込んでいられるのも今のうちだろう。

『やめっ……うぉい、いったん止まれ!!』

リィライザがシェアメルトの肩を摑《つか》んで揺さぶるが、シェアメルトはビクともしない。

3Dモデル同士で透過せずに取っ組み合いができるのは、地味に高度な技術だ。

「こ、声が低くなってるぞ……!!」

「あれがリィライザの地よ」

同僚のエルヴィナは涼しい顔で見ているが、これまでさんざん萌え声だけを聞き続けてきた照魔はリィライザの豹変《ひょうへん》に思考が追いつけていない。

『あっそうか、すまんすまん！　お前と仲良くする様を見せるんだったな』

『今日は紹介だけだって言ってんだろ――』

『というわけでむちゅーちゅちゅちゅちゅちゅ』

『やめろあぎゃああああああああああああああああああああああああああ』

シェアメルトに組み付かれ、頬擦《ほおず》りされ、尖《とが》らせた唇を突き出され――という息つく間もない連続攻撃を浴び、悲鳴を上げるリィライザ。

ホラーゲームをプレイしても笑顔のままだった彼女が初めて怯《おび》えを見せたのは、同僚の存在だったのだ。

唐突に汎用ＥＤ画面に切り替わり、配信が終了を迎える。コメント欄は盛り上がっているが、照魔《しようま》はただただリアクションに困っていた。

「あれは……台本か？　それとも、想定外のアクシデントか!?」

「おそらく後者ね……リィライザもシェアメルトを御しきれていない……というより、できるはずがないのだけれど」

シェアメルトのしつこさとねちっこさを知り尽くしたエルヴィナが、万感を籠《こ》めて断言する。

「だよな……驚いて地を出しちゃったみたいだ。せっかく今までの配信でキャラクターを確立していたのに、あれじゃ台無しになっちゃったもんな……」

今までの配信は全て演技です、台本ですと自分で明かしてしまったようなものだ。敵ながら

同情を禁じえない。

しかし純粋に放送事故を憂うだけの照魔《しょうま》と違い、詩亜《しあ》はその背後にあったであろう企みを見抜いていた。

「こんな下手くそな百合営業ありますｌ!?」

百合営業というよりもはや自爆営業だ。

「百合営業……？　って、何だ？」

照魔に円《つぶ》らな瞳で見つめられ、詩亜が答えに窮《きゅう》する。

「………えーと、女の子同士で仲良くしているところを見せて、視聴者に喜んでもらうテクニックというか……」

「なるほど……！　じゃあ、エルヴィナと詩亜も百合営業だな!!」

エルヴィナと詩亜が仲良く（喧嘩《けんか》するほど仲が良いの仲良くだが）しているのを見ると、照魔も嬉しい。今の説明に照らし合わせれば二人は百合営業をしていることになるのだが――

「詩亜とエルちゃんはミリも百合ありませんから～……！」

何故か顔を赤くした詩亜に、頬《ほお》を引っ張られる照魔。

「ひはふほは（違うのか）～!!」

すかさず、美貌の青年がフォローを入れる。

「社長。恵雲《えくも》くんは、『営業ではない』と言っているのですよ」

「お黙り！」

「久々に聞きました、お黙りって」

「お黙燐《だまりん》!!」

詩亜にぴしゃりと言い捨てられ、苦笑する燐。

エルヴィナは思案顔になり、今の配信の目的を計りかねていた。

「……シェアメルトが再び人間界にやって来るなんて……一体何の目的で……」

「リィライザが本当にシェアメルトに助力を期待していたなら、残念な結果になっただろうな。視聴者にとっては、今まで持ってたイメージと違う、ってなっちゃったんだろ？」

一昔前でいえば、アイドルが喫煙している姿を週刊誌にでもすっぱ抜かれるようなものだろうか。

徹底してカワイイを貫いてきたリィライザが、印象が一八〇度変わるようなハプニングを見せてしまった。照魔はそれをマイナスと考えていたが、詩亜は違うようだった。

「いいえ、むしろ逆です。リィライザＣＨはまだまだ伸びると思います――詩亜たちはこの女神のことを見くびっていたみたいですね」

「せっかく可愛いキャラを周知してきたのに、素は全然違うってところを見せちゃったんだぞ？」

「甘いですよ照魔さま。徹底したぶりっ子キャラだけじゃ長続きしないです。むしろあのぐらい隙があった方が親近感を持たれて、今時のアイドルは伸びるんです。そしてそれを披露するタイミングとしては完璧でしたね」

詩亜《しあ》の説明に大いに納得し、エルヴィナにしては珍しく大仰《おおぎょう》に頷《うなず》きを落とす。

「普段は可愛い子ぶっているのに素が野卑……まるでメイドさんじゃない。同類だから気づけたということ？」

「そっか、詩亜に似てるのか……!!」

「えーやだ照魔《しょうま》さま、詩亜のこと女神みたいに可愛いって思――」

思わず照れそうになった詩亜だが、即座に真顔に切り替えて否定する。

「違いますからね!?　詩亜はたまに低《ひ》っくい声狙って出してるわけじゃないですから！」

「ええ、恵雲《えくも》くんがたまに元ヤン出るのはバグというか仕様というか……」

「お黙燐《りん》!!」

「はい、お黙燐ます……」

二度目ともなると燐の反省も秒速だった。

「ともかく、完璧ですよこの女神。配信者の何たるかを本当によく勉強しています」

「シェアメルトにまとわりつかれて上げた悲鳴は、演技ではないと思うわよ」

「それはまあ……アクシデントだったかもしれませんが、功を奏してますし」

詩亜の分析を聞けば聞くほど、リィライザに悪意はないように思えてしまう。

「そこまでしっかり勉強してるってことは、本当に力尽《ちからず》くで人間界を侵略するつもりはないのかもな」

照魔はそう結論づけた。先日の戦闘もエルヴィナが血気逸《はや》って先制攻撃さえしなければ、リィライザは手を出してくる様子はなかった。

世界中のカップルを破局させようとした過去を持つシェアメルトは、本来すぐにでもメガクルに情報登録すべきだろう。

しかし彼女が改心してリィライザと一緒に人間の崇拝を得る努力をしているならば、敵性女神として周知することは憚《はばか》られる。

むしろ照魔は、正しい行いをする邪悪女神《ゾディアクス》を応援すらしたいように思えてきた。

「なんか俺、嬉しいよ……リィライザのやり方が成功すれば、女神と戦わなくてもよくなるかもしれない!!」

「ええ……それは本当に素晴らしいことでございますね」

感極まる照魔を見て、燐は目許にハンカチをやりながら頷く。

しかしエルヴィナは真剣な面差しで「配信は終了しました」と表示されたモニターを見つめ続け、詩亜も小さく鼻を鳴らしながらモニターを一瞥《いちべつ》するのだった。

○

●

恵雲詩亜《えくもしあ》は創条《そうじょう》家のメイドとして、デュアルライブスの社員として、防犯意識を高く持っている。一人で外出する際は自身の安全に十分に気をつけているつもりだった。

何かあった時に即座に照魔《しょうま》たちに連絡する流れは、身体《からだ》に覚え込ませていた。

だが、それはあまりにも意外すぎたのだ。

会社ビルのほど近く、ほんの些細《ささい》な買い物帰り――


「やっほ～」


現在の最重要敵性女神であるリィライザが、道端で突然声をかけてくるなど。

「え――」

「デュアルライブスの人だよね？」

綿菓子のように柔らかな装飾に彩られた女神装衣、派手にメッシュの入った長髪。あざという言葉を物質化したかのような媚《こ》び媚びの仕草。

動画で何度も見てきた女神リィライザが、二次元アバターの印象そのままに目の前に立っている。プロ意識の塊である詩亜ですら、一瞬放心してしまうのも無理はなかった。

それでも詩亜は思考がフリーズしたまま並外れた職業意識で身体を動かし、スカートのポケットに手を伸ばした。通話をするまでもなく、スマホの画面を三回連続でタップするだけで照魔たちへ非常連絡が行く手筈《てはず》になっている。

刹那《せつな》——リィライザが、詩亜の視界から忽然《こつぜん》と姿を消した。

「もー、挨拶もナシで通報はヒドヒドだよ」

そして直後、背後から声が聞こえてくる。詩亜は続けて、自分の手の平を二度見した。

「えっ……え!?」

スカートのポケットから取り出して外気に触れた、まさにその瞬間。詩亜の手の平から、スマホが忽然と姿を消していたのだ。

はっとして前を見やると、リィライザが詩亜のスマホを顔の前でフリフリしている。

無理矢理引ったくられたような感覚はなく、何なら重みが消えたと知覚することすらできなかった。まして、自分の傍を誰かが歩き去っていった気配など毛ほども感じていない。

詩亜は総毛立ち、吐息を震わせた。

リィライザは地面にそっとスマホを置くと、愕然《がくぜん》と立ち尽くす詩亜の傍へ悠々《ゆうゆう》と歩み寄ってきた。

スマホを握り潰されでもするのではと覚悟していたので、扱いが少し意外だった。エルヴィナの握力に任せたクラッシュデモンストレーションに慣れ過ぎたかもしれない。

「……何ですか、詩亜のこと誘拐して人質にでもするつもりですか。無駄ですよ、エルちゃん詩亜《しあ》のこと嫌いですから、敵に捕まったら秒で見捨てます」

　気丈に言い放つ詩亜に向かって、リィライザは甘えるように小首を傾《かし》げた。

「だろうね～別にそんなこと考えてないよぅ。リィはね、詩亜ちゃんにぉ願いがあって来たんだょ」

「――聞くと思ってるんですか、邪悪女神《ゾディアクス》の頼みなんか」

　お願いとやらの内容を口にされる前に、即座に拒否する詩亜。

「ちゃあんとお礼は用意するょ？」

「お礼……？」

　リィライザは頬《ほお》の横にピンと人差し指を立て、しなを作った。

「デュアルライブスの広報動画を見て、ピ～ンと来たんだぁ。『ああ、このメイドさんはエルちに……女神に勝ちたい人間なんだな』って。リィ、野心のある女の子大好き！」

「――――」

　詩亜は音を立てて息を呑《の》む。鼻で笑ってやろうとして、できなかった。

　デュアルライブスの広報動画……あれに映っていた自分など、終始照魔《しょうま》の隣でニコニコしていただけで、エルヴィナには一瞥《いちべつ》もくれていないはずだ。

　あの短い動画時間、しかも感情の機微の伝わらない画面越《リモート》しに、詩亜のエルヴィナに対するライバル意識を見抜いたというのか。

「野心なんてないですけど……お願いって何ですか。会社を……社長を裏切るなんて死んでもしませんからね」

一歩後退した詩亜に合わせ、リィライザは飛び跳ねるように二歩分の距離を縮める。

もはや、互いに手が触れ合える距離で向かい合っていた。

「まさか、むしろ逆だよ。詩亜ちゃんにはね、エルちゃんをどんどん焚《た》き付けてデュアルライブスの広報活動を活発化させて欲しいんだぁ」

「………………はぁ!?」

「意外？　でもリィにもメリットがあるお願いなんだょ」

詩亜の反応も想定内だったようで、リィライザは笑みを崩さずに話を続ける。

「リィはもっともっと自分の動画を伸ばしたいの。今ぐらいの、登録者数が落ち着いて来る頃にはね、別のチャンネルの人と仲良くして相乗効果を狙うのが手なんだけどぉ……今のエルち雑魚《ざこ》雑魚しくてライバル役になんないんだもーん」

確かに納得のいく理由ではある。要はリィライザは、同じ女神としてエルヴィナを利用したいのだ。先の動画のシェアメルトと同じように。

しかしあくまで企業広報としてのお堅い動画しか出していない今のデュアルライブスでは、エンタメの枠を結集したリィライザとは方向性が違いすぎる。

何らかの理由をつけて双方が絡んでも、ことエンタメにおいて圧倒的に人気が上のリィライザには何のメリットもない。

だからこうしてデュアルライブスの関係者に接触し、もっと動画を弾けさせろと発破《はっぱ》をかけているというわけだ。

シェアメルトという女神も照魔《しようま》とエルヴィナのデートをひたすら尾行していたと聞いたが、天界最高峰の六枚翼《エクストリーム》というのは何故こうも回りくどい……言ってしまえば庶民的な行動を取る者が多いのか。

「あなたのお願いを聞いたとして、デュアルライブスに何のメリットがあるんですか」

「会社じゃなくて詩亜《しあ》ちゃんにぅまぅまみがあるんだよ。言ったよね、詩亜ちゃんの野心応援キャンペーン開催するって！」

そこまでは聞いていないが、リィライザは話せば話すだけ人の神経を逆撫《さかな》でする。

今度こそ鼻で笑いながら、詩亜は吐き捨てるように質問した。

「……野心？　何すか、詩亜がエルちゃんとバチバチにやり合えるお膳立てでもしてくれるってんですか？」

「ピンポーン！」

まさか肯定されるとは思ってもみなかったので、詩亜の目が驚愕《きようがく》に見開かれる。

「───女神の眷属《けんぞく》になれば、エルちと同じ条件《ステージ》に立てるよ」

CHARACTER

役職：女神（六枚翼）

クリスロード

女神真名
「その矢印は細く長い破線の先に遇《あ》った」

ストイックに強さを追い求める六枚翼の女神。
二一人の中でも最年少の一人で、他の面々を先輩扱いし
敬意を払っているが、弱いと認識した相手には
ひたすらマウントを取る悪しき体育会系。

MYTH：5　波打ち際の女神

「……眷属《けんぞく》……女神の……？」

聞き慣れない言葉ではあったが、それが仲間になることを仄《ほの》めかしているのはわかる。

女神リィライザの衝撃の申し出に、詩亜《しあ》は困惑した。

「そうすれば、若さも可愛さもずーっと保てるんだよ☆　嬉しいょね？」

「……嬉しい……？」

次第に詩亜の腹が据わっていき、僅かずつ後退《あとずさ》りを続けていた足が止まる。

先日の配信で見せた取り乱した姿こそがリィライザの地だと思っている詩亜は、二人だけの密談を持ちかけながら媚《こ》び媚びの姿勢を崩さない彼女にだんだん苛立《いらだ》ってきたのだ。

「てかさっきから気になってたんだけどさ。あんた、今は配信してないんだからキャラ作んなくていいでしょ」

初めはきょとんとしたフリをしていたリィライザだったが、次第にくっくっと笑い声を漏らし、観念したように態度を豹変《ひょうへん》させた。

「困ったもんだな──。どいつもこいつもこっちのリィを本性だと勘違いする」

リィライザが急にドスの利いた声に変化しても、詩亜は別段驚いた様子はない。むしろ、これが地ではないという発言の方に戸惑っていた。

「とはいえ、キャラの使い分けを見抜いたのは褒《ほ》めてやる。さてはお前、昔やんちゃしてたな？」

「知らないですけど」

「いい眼輪筋してっからな……ガンつけに明け暮れた過去でもなきゃ、そうはならねえ」

「うそ皺《しわ》ってます⁉」

咄嗟《とっさ》に目許に手をやってしまい、はっと我に返る詩亜。元ヤンの片鱗《へんりん》を即座に見抜くリィライザもまた洞察力は一流、一枚上手《うわて》だったということだ。

決して相容《あいい》れない立場同士でありながら、二人の間には奇妙なシンパシーが存在していた。

「望み通り腹を割って話す態度に変わってやったんだ、改めて言おう。詩亜、女神の……リィの眷属になれ」

詩亜の脳裏に、神樹都《かみきど》で普段照魔《しょうま》が戦っている女神たちのビジュアルが浮かぶ。

「イヤですよ詩亜にカマキリだのクモだのになれってんですか⁉」

「見た目は何も変わらねえよ、坊やとちゃんと繁殖もできる」

「聞いてもいねーのにエッチのことまで気遣ってくれてありがとうございますよ。同じ女神さまでも大分知識に差がありますね」

詩亜《しあ》とて玉の輿を考えている以上、照魔《しょうま》との交際、そしてそれに連なる関係の進展に思いを馳せたことが無いわけではない。

一二歳の少年相手にまだ早いと思う一方、自分の学生時代に周りのカップルがどれだけあっさりと進んでいたかを考えれば、照魔とつき合ってすぐに関係が深まることは決してあり得ないことではない。

むしろ恋愛知識がサッパリなエルヴィナを見て、自分のアドバンテージは今すぐ照魔と深い関係になろうと思えばできることなのでは……と真剣に悩んだことすらあったのだが……。

「——お断りですよ。詩亜、契約書はどんなに長くても満遍《まんべん》なく読むタイプなんで。会ってすぐの人の怪しい言葉なんてミミカサですっての」

それでも、照魔の意志は無視したくない。最低でも彼の側から受け容れてくれることが大前提だ。都合のいい甘い言葉などに、耳は貸さない。

そんな詩亜の心の一線、プライドが造り上げた鉄の倫理観に、リィライザは的確に揺さぶりをかけてくる。

「エルちはこの先もあの坊やの隣で永遠に変わらない美しさを保ち続ける。だがお前はどうだ？　シミにソバカス、しわ……肌のかさつき……加齢臭……どれだけアンチエイジングに勤《いそ》しもうと、人間じゃ迫り来る老いに抗うことはできねぇ。違うか？」

「ぐっ……!!」

「雌《めす》としてエルちと勝負したけりゃ、お前は眷属《けんぞく》になるしかねぇ……。腹括《くく》れメイド、リィがお前を女神《おんな》にしてやる」

「ちょっと待ってくださいよ……女神のケンゾクとかになるならないはひとまず置いといて！　詩亜は会社を裏切らないって言ってるでしょうが!!」

ひとまず話を置いておく段階まで心を譲歩してしまった詩亜を見て密《ひそ》かにほくそ笑み、リィライザは声音の芝居っ気を深める。

「裏切るって罪悪感を持つのが間違ってんだよ。別に会社に不正をしろって言ってるわけじゃねえ、単にエルちにもっと弾けろって焚《た》き付けてくれるだけでいいんだ……。何を躊躇《ためら》う必要がある？」

「弾けるって、どういう……」

「──衣装だよ。さすがのリィも人間界の服に着替えるなんて真似はできねえ。Vの見せ場の一つである新衣装お披露目が、リィはできねえんだ」

確かに、VTUIER《ブイチューイヤ》が新ビジュアルを披露するのは、リスナーにとって大きな楽しみの一つだ。できることならリィライザもお着替えをしたいことだろう。

「ところがデュアルライブスの動画を観たら、あの誇り高いエルちが人間界の服を着てドヤってやがる。さすがに驚いたぜ……いったいどんな魔法を使いやがった？」

かつての同僚がスーツ姿のエルヴィナを見れば、少なからず衝撃を受けるだろう。

当のエルヴィナも、人間界に来た当初は着替えを固く拒否していた。

別に隠す必要もないので、詩亜《しあ》は素直にエルヴィナの初ショッピングであった出来事を話して聞かせた。

「小学生のクレカでブラジャー買わせたのが、エルちゃんの着替えの始まりでしたね」

「なるほど……坊やとのプレイが堅物を変えたってわけか。つくづく罪深いオトコだ」

それは詩亜も同感だが、やはりここまで聞いてもリィライザの真意が読めない。

「エルちゃんが弾ける……あなたの代わりに動画で新衣装お披露目ですか？　そんなことが、そっちに何の得があるんです？」

「リィはもっともっとチャンネル登録者数を増やしてえ。そのためには、百合営業だけじゃ足りねえ……『鎬《しのぎ》を削るライバル』ってのが必要不可欠だ。今のデュアルライブスじゃ、リィたちのかませ犬にすらならねえんだよ。だから今は、そっちからのコラボ要請は断った」

シェアメルトとのハプニングは想像以上にバズったが、リィライザはそれに満足せずさらに次の手を考えていたということだ。

「こんなことエルちに直接言っても受け容れるはずねえからな……お前に目ぇつけて接触する機会をずっと窺《うかが》ってた。多忙なリィが一人の人間を一途に待ち続けた心意気を買ってくれや」

断ったら殺す――そんな圧力をかけられていたわけではない。リィライザは徹底して「お願い」の体《てい》を崩さなかった。

詩亜は一応の納得をつけたことで、譲歩に応じるだけの心のゆとりができていた。

「…………エルちゃんに弾けろって言うだけなら、詩亜も似たようなこと何度も言ってますし。別にいいですよ」

詩亜はリィライザの横を通り過ぎ、地面に置かれていた自分のスマホを拾い上げた。

そして、背後を振り返らずに本心を捨て残していく。

「けど詩亜は、一人称が自分の名前の女が嫌いなんです」

「リィも同感だ。ますます気に入ったぞ、詩亜」


詩亜が立ち去っていくのを待ってから、リィライザは口許を緩ませながら振り返った。

ちょうどその時。不可視のカーテンを潜《くぐ》ってくるようにして、彼女のビジネスパートナー……シェアメルトが何もない空間から現れた。

「お前のその地道な根回しにだけは感服する。たった一人の人間と接触するために随分と足を使ったじゃないか。照魔《しょうま》少年たちの〝居城〟に行けば事足りる話だというのに」

さすがは天界にその名を轟《とどろ》かせたストーカー、気配を悟らせず盗み聞きをさせたら彼女の右に出る者はいない。

「お前に説明しても理解できないだろうが、リィはこの人間界がまるごと欲しいんだよ。できるだけ傷はつけずに手に入れてえ……坊やの城も含めてな」

リィライザが振り返った先には、メガミタワー……照魔《しょうま》たちの職場がそびえ立っているのがうっすらと見える。

「……そのために随分と思い切った餌《えさ》をぶら下げたものだが……あの少女には肝心なところを隠しているようだな。フェアではないと私は思うぞ」

「動画で白黒つけようってのにフェアもクソもあるか。卑怯《ひきょう》こそＶＴＵＩＥＲ《ブイチューイヤ》の騎士道精神なんだよ」

微塵《みじん》の罪悪感もない、堂々とした答えだった。シェアメルトは嘆息するようにして頷《うなず》きを落とした。

「そうか……ビジネスとはいえ百合相手のお前だ、一つ忠告しておく」

「何だよ」

「私は卑怯なことが嫌いだ。心しておけ、見解の相違というものは友情にも愛情にも容易《たやす》くヒビを入れる」

凛《りん》とした声音でそう言い残し、シェアメルトはまた音もなく姿を消した。

舌打ちをして鼻白むリィライザ。

元よりシェアメルトとの間に友情など存在しない。無いものに、〝無〟にヒビを入れるなど、たとえ神といえど生半《なまなか》なことではないであろう。

しかしこれで、準備は整った。リィライザの考える、真の【神略】の準備が。

あとは、餌に食いついて動き出した友達がきっかけを作ってくれるのを待つだけだ。

○●

シェアメルトのＶＴＵＩＥＲデビューから一週間が経過した。

デュアルライブスの午後の定例会議の後、照魔とエルヴィナ、詩亜《しあ》と燐《りん》、マザリィの五人でリィライザの動画を確認するのも半ば日課となっている。たまにマザリィの部下の女神が視聴に加わることもあるが、とりあえず今日は五人だけだ。

今日のリィライザＣＨの配信にも、シェアメルトはゲスト参加している。コラボは毎日ではなく、その日になってみなければわからない仕掛けだ。自前のチャンネルを持っていない彼女はそのレア度、そしてぶっ飛んだキャラも相まってか人気を博している。

今日の配信ではとうとう、リィライザと一緒にゲームをプレイしていた。

二人のプレイヤーが協力して不気味な洋館からの脱出を目指すゲームだ。

さしてホラー要素はなく、謎解き要素がメインを占める。リィライザとシェアメルトは画面の右下に並び、こまめにリアクションを取りながらゲームを進めていく。

シェアメルトは全くゲームの操作がわからず、リィライザに導かれて少しずつやり方を覚えていく。時にリスナーの意見《コメント》にも耳を傾けながら。これはリスナーも嬉しいだろう。

『「リィさまって何歳？」……って、もー、人間も女神も、女の子に歳聞くのはＮＧ《ペケペケ》だよ？

……まあ、人間でいえば一四歳くらいかな？　えへへ〜、見たまんまでごめんね〜☆』

『……え？　一四ってお前……あー、えーと、じゃあ私は一七歳……ぐらいか！　うむ!!』

そして画面にも華がある。アバターの動きの関係で、時折二人が頬《ほお》を擦《す》り合わせるように触れ合うのが何とも百合百合しい。

『そういえば昨日、シェアちゃんとお泊まりしたんだぁ。一緒にお風呂入ったよね？』

『ああ、女神は沐浴《もくよく》が大好きなんだ。ちゃんと人間と同じように服を脱ぐんだぞ』

――上手い……。詩亜《しあ》は無言で眼を細める。

最初のグダグダっぷりはどこへやら。僅か数回の配信で、シェアメルトはトークが板についてきた。

リスナーの喜びそうな情報を天然っぽく口にするのが、何ともテクニカルだ。

『そういえばリィライザは、お風呂で私の胸をじっと見ていたな。羨《うらや》ましいのかな？』

『もう、シェアちゃんだってめちゃ巨乳ってわけじゃないぃょね〜!?』

『ははは、だが美乳だ。大きくても小さくても、女神は基本的にみんな美乳だがな!!』

和気藹々《わきあいあい》と女神の胸トークに話を弾ませ、何だったら自分のアバターの胸も自然に弾ませるシェアメルト。

「────‼」

ついに詩亜は、我知らず立ち上がっていた。頬に一筋の汗が伝っている。

優しいところが好きとか、天然ボケなところが好きとか……どんな綺麗事をほざいたところで、結局リスナーはVTUIER《ブイチューイヤ》の乳や尻を題材にしたぶっちゃけトークが大好きだ。

しかもそれをしているのが女神ともなれば──。

「見てくださいみんな、コメントも登録者数もガン盛りされてます！」

詩亜に指摘されて画面を注視した照魔《しょうま》は、登録者数に目を留めて驚愕《きょうがく》した。

「登録者数三〇〇〇万以上……⁉」

「少し前に見た時から、三倍もの増加でございますね……」

燐《りん》もこれには動揺を隠せない。

数字の増え方は正直だった。ただでさえどんな存在か未知数で気になっている女神が、自分たちの身体《からだ》について赤裸々に語っている。人間が興味を示さないはずがない。

それに比べれば、デュアルライブスの女神紹介動画はおとなしすぎる。

リィライザCHに勝っているものと言えば、今もなお再生数が指数関数的に増え続けているエクス鳥《とり》の動画ぐらいだ。

「……つきまとう必要もなく誰かと一緒にいられるのだから、シェアメルトもやる気を出すのでしょうね……」

とりあえず自分はシェアメルトのストーキングから解放されたと安堵《あんど》しかけたエルヴィナだが、すぐに考え直した。

友達一人で満足するなら、何千年もの間苦労はしていない。それは別腹扱いで、引き続きエルヴィナにもつきまとうのがシェアメルトだ。

『あっ、コメントで聞かれてるぞ。「二人はどのぐらい進んでいるんですか」……か。そうだなぁ～、女神にも守秘義務があるんだが……次の動画で発表するか！』

『そうだね、それじゃ今日はこのぐらいで☆　続きは次回の動画でやってぃくよ～！』

そうしてシェアメルトは、リィライザと仲良く肩や頬《ほお》を触れ合わせていった。

多少あざとくても、普通の人間ならば見ていて尊い気持ちになれる。

もはやシェアメルトは、完全に百合営業を体得しているのだ。

「……ふむ……」

何かを摑《つか》んだように、マザリィは決然と頷《うなず》きを落とした。

○　●

邪悪女神《ゾディアクス》コンビの強さをまざまざと見せつけられた翌日。

その日は何故か、会議室に沈鬱《ちんうつ》な空気が漂っていた。

議長席で一様に押し黙る、照魔《しようま》とエルヴィナ、詩亜《しあ》と燐《りん》。

そして神聖女神《セイヴァリド》で一人だけ会議に参加していたマザリィは、身を縮めてしゅんとしていた。

「何故こんなことに……」

声を震わせるマザリィだが、原因は彼女自身にあった。


率直に言うと、マザリィが炎上した。


無論、天界にこの人ありと謳《うた》われた最長老、人間界の炎ごときで燃えるほどやわではない。

しかしネットでの炎上という超発火能力は、そんな最長老すらも火だるまにしてのけた。

デュアルライブスのオフィシャル動画に協力すると約束したマザリィ。

満を持して自分もデュアルライブスの社員紹介動画に出演し、神聖女神《セイヴァリド》の長としての立場から女神について熱く凛々《りり》しく語ったのだ。

マザリィがアホだったのは……いやアホはさすがに不敬だが……いやもうアホでいいのでアホだったのは、生配信を希望したことだ。

リイライザの動画を観ていて、リアルタイムでコメントで反応をもらえる生配信こそが自分に相応《ふさわ》しいとまで言ってのけた。そうして配信が始まり――

『わたくしたち神聖女神《セイヴァリド》は、人間との共存を尊び、デュアリュライブシュに協力しているのです』

視線がしきりに斜め下を探っていてカンペを読んでいるのがバレバレな上、カンペを読んでも噛《か》み噛みなことを除けば、立派なスピーチだった。

カンペを持った部下の女神がフレームに入ろうとしたり、あろうことかカメラを振り向いてピースをする蛮勇・自己主張の激しさを見せたものの、滞りなく配信は進んでいた。

しかし、さすがは天界の最長老。その双肩にかかる責任の重さを自覚している彼女は、コメント欄に流れた「最後に何か面白いことして」というフリを見過ごすことができなかった。

迷った挙げ句に照魔《しょうま》を手招きしたマザリィは、「彼との出逢《であ》いを再現します」という難易度激高のショートコントを宣言。

唐突に照魔のズボンを下ろし、疑いを知らぬその無垢《むく》な顔を驚愕《きょうがく》に塗り込めたのだった。

動画のアーカイブは即削除したが時すでに遅く、ＳＮＳのトレンド入りを果たし、センセーショナルなタイトルがネット上を乱舞した。

『生配信中のセクハラ　女神とは』
『神聖な女神と名乗る邪悪』
『創条《そうじょう》照魔くんのファン四〇〇人以上が一斉に気絶、鳴り止まぬサイレン』

それから一時間が経過。

会議室に集まった一同が「どうしよう」という顔になっているのも無理はなかった。

詩亜《しあ》は机を叩いて立ち上がり、キシャーと怪音を発しながらマザリィを糾弾した。

「自分で生配信がいいとか言っといて何してくれとんじゃババア――――――――ッ!!」

「ひいいいいいんババアではありませんわでもごめんなさい、あの時は緊張して頭が真っ白で……思い出が身体《からだ》を勝手に動かしていたのです……!!」

「相手が違うでしょうが照魔さまにまず謝れやあ!!」

手の平で照魔を指し示す詩亜。マザリィは何度も頭を下げているが、無意識にズボンを下ろすという習性を身につけた自分の恐ろしさに気づいてはいない。

エルヴィナは照魔のパンツが晒《さら》されたことで真っ先に怒り、マザリィを攻撃しようとしたのだが照魔本人に制止を受けた。その後は憮然《ぶぜん》として無言を貫いている。

「大丈夫ですマザリィさん、別にパンツ見られたくらい気にしていませんから」

ヤバさの特訓の弊害……もとい成果か、当の照魔は生配信で全世界にパンツを晒すという災害に見舞われながらも動じていなかった。

そんな少年の懐深さと優しさは、いつも年上のお姉さんをつけ上がらせる。

「ほっ……よかったですわ、照魔くんが気にしていなくて」

「懲戒免職だババア」

「ああああああああああああこの会社にもう少しいさせてくださいいいいいいいいいい!!」

そんな詩亜《しあ》とマザリィのやりとりを見て、むしろ穏やかな笑みを浮かべる照魔《しょうま》。彼の精神状態が心配になったのか、詩亜が恐る恐る声をかける。

「ど、どうしました照魔さま?」

「いや、詩亜がババアって呼ぶの、何かばあちゃんのこと思い出しちゃって……」

「切ないですけどこの局面でその穏やかさはちょっと大物過ぎます……」

社長の照魔がこの調子では、詩亜も強く言えない。燐《りん》はやはり上品に涙していた。

「ご立派です社長……ここはこの斑鳩《いかるが》も下着をネットの大海に投下して羞恥の相殺を――」

「これ以上救急車に過労働させるのはやめてください燐くん!!」

世界にファンの多い燐の下着などを晒《さら》したら、気絶者の山ができ上がってしまう。


炎上してしまったことをいつまでも嘆いていても仕方がない。

これからのことを会議すべきだと、照魔が口にしようとした矢先。

照魔の机に置かれていたノートパソコンに、動画サイトの更新通知がポップアップした。

リィライザＣＨが生配信を開始したのだ。

「リィライザ……?」

会議では口を挟まなかったエルヴィナだが、これには素早く反応。

さっそく燐が壁の大型モニターに映像を出力し、全員でリィライザの動画を注視した。

軽快なフリートークで場を温めたところで、リィライザは唐突に話題を変えた。

『デュアルライブスの生配信見たょ～。リィも女神だから、あの人たちのことは前から注目してたんだ☆』

「あっこいつ『でも』って言う」

詩亜がモニターに向かってガンをつけた直後、

『でも残念だな。そのうちコラボとかして一緒に女神のことぃーっぱい知ってもらおうと思ったのに、何か変なことする人たちだったんだね。悪い女神から世界を守っているってぃうのも、ホントなのかなぁ?』

予想どおりの接続詞から渾身《こんしん》のぶりっ子で捲《まく》し立てるリィライザ。

『デュアルライブスを見て誤解しなぃでね☆　女神は基本的にみーんないい子だから、リィがこれからもたくさん女神のこと配信するょ!!』

「あいつは何を言ってるの……女神は基本的にみんな悪い子よ」

「お前が何を言ってるんだ」

照魔に真顔でツッコまれても動じず、エルヴィナは結論づける。

「このタイミングでデュアルライブスに触れてくるなんて……偶然ではないわね。リィライザは私たちと全面的に争うつもりよ……むしろ好都合だわ」

「――なるほど……デュアルライブスの不祥事を機に、と。わたくしが照魔《しょうま》くんのズボンを下ろしたことが、結果的に功を奏したというわけですわね」

「奏していないわ。もっと反省しなさい、マザリィ」

屁《へ》のごとき雑音を奏でたに過ぎない最長老に、エルヴィナの冷ややかな視線が突き刺さる。

「あなたにだけは言われたくありませんよ！　わたくしが動画を撮っている最中、いきなり廊下で寝転がったりしていたじゃありませんか!!」

「私は遊び心の特訓をしているのよ……あなたのように遊びでやっているわけではないわ」

遊び心の特訓と遊びで何かすることの違いが難解だが、少なくともエルヴィナは一度も炎上はしていないのでマザリィの分が悪い。

「まあまあ、もうズボンとかパンツとかはいいから！」

苦笑しながら手を叩き、二人の言い争いを諌《いさ》める照魔。

頑張ろうという気持ちが先走り、隣にいた人のズボンをつい下ろしてしまう――社会人ならばよくあることだ。

一度のミスを無闇に追及するような真似を、照魔はしたくはない。そんな度量の小さな社長ではありたくないのだ。

リィライザの配信が終了し、照魔たちは再び議論を始めた。

「今はまだ、デュアルライブスの活動が疑わしい、程度の言い方に留めていますが……」

沈鬱《ちんうつ》な表情を浮かべるマザリィ。これにはエルヴィナも同調する。

「そうね。たとえば次の配信で『人間界にやって来ている女神はいい女神、女神会社デュアルライブスは真実を歪《ゆが》めて女神を排除している』……リィライザがそう宣言したら、どうなるかしら」

燐《りん》と詩亜《しあ》もすでに、その最悪のケースを想定していた。

「……この状況では、彼女の言葉を信じる人間は多そうです」

「信じてなくても面白がって乗っかる奴も大勢出てきそうですね……こういうアクシデントは食いつきいいですから」

エルヴィナは詰問するような厳しい視線を照魔に向ける。

「さすがにもうリィライザに悪意はないと日和《ひよ》ったことは言わないわよね？　照魔」

「わかってる。あんなに露骨な配信をされたんじゃ、少なくともリィライザに敵意がないとは言えないからな」

デュアルライブスがミスを犯したタイミングで、すかさず自分はあの会社とは違うと念を押し、さらに照魔たちの女神との戦いに疑いを向けるような発言も重ねる。何かしらの意図が無いはずがない。

今日の配信にシェアメルトを呼んでいなかったことが、リィライザに悪意があることに信《しん》憑《ひょう》性を持たせている。シェアメルトといちゃいちゃしていては、深刻さが薄れてしまうからだ。

「とにかく先に、声明動画を出そう。あれは当社の社員が場を盛り上げようとしてうっかりやってしまっただけで、俺自身は気にしてないって言うよ」

照魔《しょうま》は自分が矢面に立って炎上を鎮火させる決意をする。

「その後で、みんなが楽しめる……いい印象をもってくれるような明るい動画を出して、ネガティブなイメージを払拭しよう!!」

デュアルライブスがこれまで積み上げてきた世界からの信頼を崩そうと目論《もくろ》むリィライザには、断固として立ち向かわなければならない。

照魔の頼もしい発言に、エルヴィナも微笑《ほほえ》みながら頷《うなず》いた。

「もう一度リィライザを引きずり出すことさえできれば、今度こそ倒してみせるわ」

詩亜《しあ》ははっとして立ち上がり、拳を握り締めた。

「なら水着ですっ！　水着で動画撮りましょう！　詩亜たちみんなで!!」

「恵雲《えくも》くん、急にどうしたのですか……?」

あまりにも唐突な提案に、燐《りん》も不思議そうにしている。

「そ、それは……だって今は夏ですよ!?　明るく楽しい、仲良し感あふれる動画を撮るなら、水着しかないですよ!!」

「ああ、詩亜の言う通りかもしれない。そもそも奇抜なことをやる必要はないからな」

照魔たちの目的はチャンネル登録者数や動画再生数でリィライザに勝つことではない。この世界の人々を【神略】から守ることなのだから。

「リィライザはあくまで二次元の存在として自分をアピールしている……現実で遊ぶ女神の姿を世界に見せつけるのはいい考えね」

今こそ遊び心の特訓を活かす時だと、エルヴィナはクールな面持ちの中にやる気を漲《みなぎ》らせる。

「逆に俺たちのアドバンテージは、素顔で発信していることってわけか。だったら水着は遊んでる様子がわかりやすく伝わっていいかもな」

「じゃあ、まずは詩亜たちの水着の準備っすね。ちなみにみんな、泳げます？」

「幼少の折は『わんぱくちびっこスイミング大会』一等賞、学生時代も『全国学生水泳競技会』優勝、つい最近も『世界サメ映画フリーク選手権』で特別賞を受賞しています……水泳のレクチャーはこの斑鳩《いかるが》にお任せを」

大抵のジャンルで受賞経験を持つ燐だが、海においてもその頼もしさは変わらない。泳ぎには自信があると豪語してのける。

「泳ぎと無関係な賞が紛れ込んでたような……」

照魔が専属従者の謎すぎる経歴を不思議に思っていると、スーツの袖をエルヴィナに引っ張られた。

「ところで、さっきからあなたたちが言っている水着とは、何？」

詩亜《しあ》は待ってましたとばかりに素早く退室すると、ビキニ型の水着を着たマネキンが設置された台車を押しながら再び会議室に入ってきた。今日の詩亜は、妙に用意がいい。

「ほら、こういうのが水着ですよ。エルちゃんむっつりスケベだから露出度高めの方がいいでしょ？」

エルヴィナはアンニュイな溜息とともに髪を掻《か》き上げ、脚を組み直した。

「メイドさん……あなた以前私に、ブラジャーだけで外に出るなと釘を刺したじゃない」

「当たり前じゃん痴女か！　てか何でエルちゃんはいちいち挙動がオーバーなん⁉」

「女神は基本的に挙動が格好いいわ」

エルヴィナは水着を見て下着と勘違いしたらしく、認識の齟齬《そご》が生まれてしまっている。

「不思議なものね……ならどうしてその水着とやらで外を歩くのは許されているの？　下着と水着、外に晒《さら》す肌の面積は全く同じじゃない」

「そ、それは……」

「人間とは愚かな生き物ね──」

マウントみ溢《あふ》れるドヤ顔とともに、エルヴィナはいま一度髪を掻き上げる。エルヴィナの髪がよく舞う日だ。

「水着は水に入る時に着るから水着！　下着はけっこー透けるけど、水着は濡れても透けないようになってんの！　その違いはデカいっしょ⁉」

「そういうことにしておいてあげるわ」

「こいつ……!!」

二人の口喧嘩《げんか》を微笑《ほほえ》ましく見守っていた照魔《しょうま》だが、社長らしい決断も忘れない。

「詩亜がいけるって判断したなら、俺はそれを信じる。水着を着て動画に出るよ」

後はエルヴィナがどう思うかだ。

むしろ、照魔の同意を得たことで詩亜は精神的優位に立った。

「まあエルちゃんには荷が重いかもしんないですからね、水着は」

鼻で笑うように言われ、エルヴィナの眉が小さく上がる。

「────何ですって？」

「照魔さまと詩亜と燐《りん》くんの三人で仲良くプロモってきますから、エルちゃんは端っこでレフ板でも持っててくださいね～」

詩亜はさながら部活動でスクラムを組むように、照魔と燐の首に腕を回してみせた。

集合写真から弾き出されたエルヴィナは、露骨に不機嫌な顔になる。

「その粗末で劣悪で卑賤《ひせん》で不完全で腹黒い胸を照魔に押しつけないで」

「人様のおっぱいをそこまで悪し様《あざま》に言うか普通!?　国語辞典で悪口片っ端から調べて羅列したのかテメェ!!」

腹黒い胸という未知の臓器に困惑する照魔。しかもわざわざ口に出して胸が触れていると指摘されてしまうと、どうしても詩亜《しあ》が気になってしまう。

　エルヴィナは腕組みをしながらマネキンをチラ見し、

「そうね……照魔《しょうま》以外の人間に肌を晒《さら》すのは避けたいけれど……この格好が人間界で海に入る正式な格好だというなら、考えなくもないわ」

「勿体《もったい》ぶらないでソクオケしてくださいよー……」

　エルヴィナが照魔以外の人間の提案に即ＯＫを出すような日は、まだまだ遠そうだ。

「わたくしは水着とやらを着て協力することはできませんが、照魔くんについて行ってサポートすることはできます。汚名返上のチャンスをいただけますか?」

　責任感を漲《みなぎ》らせて凛々《りり》しくそう結ぶマザリィだが、詩亜の目は冷ややかだ。

「────水着ずり下ろしたらマジで取り返しがつかないんで。マザリィおばちゃまは照魔さまの声明動画に出す反省文でも作っててください」

「…………はい……」

　力なく肩を落とすマザリィ。さすがにもう生配信をするつもりはないが、マザリィの傍に半裸の照魔がいるのは危険すぎる。

　こうして、デュアルライブスの動画活動は転機を迎えたのだった。

○

●

レフトタワー五階・従業員更衣室。

ちょっとしたブティック並みの広さと品揃《しなぞろ》えを誇るこの部屋に、照魔たちはデートの服選び以来で訪れた。

早速各々の水着姿をお披露目となったはいいが――着替えを終えフィッティングスペースを出た四人が四人とも、頭から足首まですっぽりと覆う黒い布を被っていた。

こうして披露する瞬間まで全貌を隠すのも、デートの時以来のエルヴィナの要求だ。

両目部分と呼吸穴が小さく空いている以外は全身黒ずくめの出で立ちが四人も並び立つ姿は、公道であればポリスが駆け足で寄ってくるのは避けられない異様さだった。

「……いよいよ秘密結社じみた見てくれになってきてません、これ？」

詩亜の困惑が、黒い厚布の奥から響いてくる。

「新たな力を披露する時には、驚きがなければいけないわ」

同じ黒布の奥からの声でも、エルヴィナのそれは布の厚さを貫通するほどの自負に満ちている。負けじと詩亜も腹から声を出して対抗した。

「サプライズ大好きアピールなんざいらねーんですよ！　付き合いたてで猫被ってるクソめんどくせー女かぁ!?」

「付き合いたての女神よ」

種族の訂正と余計な修飾の校閲を瞬時に済ませて言い返すエルヴィナ。

詩亜《しあ》との小気味いい応酬もすっかりと板についてきた。

「まあいいじゃないか詩亜、段取りを習慣づけるのも大事だと思うぞ。俺たち、会社員なんだから」

「さすがでございます社長」

ミニマムなダークてるてる坊主が器の大きさを見せ、それをトールサイズのダークてるてる坊主が褒《ほ》め称える。

カオスが豊作な会社ビル内で、社長に先んじて先陣を切ったのはエルヴィナだった。

「──ようやく、この闇の衣を解き放つ時が来たようね」

エルヴィナは厳かに言い放つと、マントの肩口を大仰《おおぎょう》に摑《つか》んだ。

「心しなさい照魔《しょうま》。遥《はる》か神々の時代から現代に至るまで決して人間の目に触れることのなかった女神の肌──それが人間界に顕現する。まさにいま人類史が書き換わる瞬間が訪れよ……」

「うるせぇあぁぁぁさっさと脱げえええええええええええええええええええ!!」

前置きの長さに耐えられなくなった現代っ子の詩亜は、エルヴィナの黒布を強引に取り払った。

前奏の長い歌が若者に好まれなくなった──そんな風潮があると言われて久しいが、確かにそれは大袈裟《おおげさ》な話ではないのかもしれない。

黒布の下から現れたエルヴィナの水着姿を見て、照魔は思わず声を上げる。

「おおぉぉ……」

上下揃《そろ》いの純白のビキニ。惜しげもなく晒《さら》された柔肌。蒼穹《そうきゅう》の輝きを宿した長髪。

それらが三位一体の美しさを奏で、見る者の目を捉えて離さない。

年齢相応の清い交際をしている照魔にとって、ここまで肌の露出の多いエルヴィナを見るのはある意味一大事件に等しかった。

だが、確かに立ち姿こそ凛《りん》としているが――いかなる時でも傲然《ごうぜん》と双眸《そうぼう》を輝かせていたエルヴィナにしては、少々俯《うつむ》きがちだ。

人間界で着てきたこれまでの洋服と違い素肌をかなり晒すことになる水着は、さすがのエルヴィナでも照魔に見せるには戸惑いが勝るようだった。先ほどやけに前口上が長かったのも、照れがある裏返しなのだろう。

「――――――綺麗だ……」

暗黒被り物の奥から、なおも清らかな少年の感嘆が響く。

普通なら眩《まぶ》しすぎて顔を背けてしまいかねないその純な言葉が、エルヴィナの一抹の不安を吹き払ったようだ。

「当然ね」

照魔の反応を見て、不敵に微笑《ほほえ》むエルヴィナ。

彼女の顔つきがいつもの不敵なものに戻った瞬間、天上の美は完成を迎えた。

そう——自分が水着を着れば人類史が書き換わるとまで言い切ったエルヴィナだが、あながち大言ではない。

ビキニはエルヴィナの髪の色と同じ蒼《あお》で下を縁取られ、彼女の豊かな胸をより引き立てている。

ボトムは腰の左右を紐《ひも》で留めるタイサイド。

エルヴィナの女神装衣にあしらわれた模様を彷彿《ほうふつ》とさせるようなデザインの紐だ。

サイドが紐である恩恵で、艶《つや》めかしい太股《ふともも》を最大に露出できる。

それをあらためて目の当たりにした詩亜《しあ》は、満足げに頷《うなず》いた。

「動画映えするようにデザインしてもらった特注品です。ある程度二次元キャラチックな遊びの入った感じにしてます」

犬猿の仲であろうと、詩亜はエルヴィナのスタイリングは決して手を抜かない。

彼女が常に最大の魅力を発揮できるよう力を尽くすのが、創条《そうじょう》家のメイドとしての誇りだ。

次は照魔《しょうま》たちの番だが……今この瞬間から地球で水着の歴史が始まったと言わんばかりの圧倒的な存在感を見せつけたエルヴィナの後では、もはや消化試合も同然だ。照魔は少なくともそう思っていた。

「じゃあ次は、俺が……」

なので照魔は特に勿体《もったい》つけることもなく、しれっとマントを脱いだ。

ごく普通の海水パンツだが、ブラックに赤いタイを合わせている照魔のスーツと同じく、黒地にアクセントで赤の差し色が入っている。

そう――ごく普通の、一二歳の男の子の水着姿だ。

「…………!?」

格好をつけて髪を掻《か》き上げていたエルヴィナが、綺麗な二度見を照魔に捧げた。


「ポ――――――――――――――――――――」


ぎょっとして辺りを見渡す照魔。

「今やかんが鳴らなかったか……？」

「……てか、エルちゃんの奇声じゃ……」

女神に相応《ふさわ》しい男になれるよう日々の鍛錬を欠かしてこなかった照魔だが、彼は筋肉とは無縁の細身をしている。しかも小学生男子でありながら日焼けの跡が全く見えない色白の肌だ。

そんな美しい少年の肢体に、誘蛾灯《ゆうがとう》に引き寄せられた虫のようにふらふらと近づいていく存在があった。

――――女神エルヴィナだ。

彼女はガン見するだけでは飽き足らず、RIKISHIのHARITEを彷彿《ほうふつ》とさせる勢いで両手を伸ばした。

肩を、背中を――そして、お腹を。

エルヴィナの細指が、照魔《しょうま》の穢《けが》れを知らぬ柔肌にぺしぺしとリズミカルに触れていく。

されるがまま真顔で目を瞬かせていた照魔も、女神タッチの累積数が一〇〇を超えるに至ってはさすがに声を上げざるを得なかった。

「おいどうしたエルヴィナ!?」

「……はっ……あ……? 水着でのあなたの防御性能を確かめていただけよ」

再び颯爽《さっそう》と髪を掻《か》き上げるエルヴィナ。途中で正気に戻ったように頭を不随意運動《ジャーキング》させたが、それを感じさせない華麗な誤魔化し方だった。

「似合っているわよ、照魔」

「あ、ありがとう……?」

綺麗な髪をたなびかせれば奇行がチャラになると思っているフシのある女神を、詩亜《しあ》が限りなく直線に近いジト目で睨《にら》む。

「気をつけてくださいね照魔さまそいつ最近マジで欲望ダダ漏れになってきてます童貞食いたくてムラムラしてる節操無しの女の目です」

「確かに……」

横からぼそっと声が聞こえ、黒布越しに「えっ?」という真顔で詩亜が振り返る。

燐《りん》は黒布の奥で咳払いを一つ落とし、顔を逸《そ》らした。

「恵雲《えくも》くん……そろそろ僕たちも社長に水着をお見せしましょうか」

「えっ?」という真顔で詩亜が近づいても気にせず、燐は自分に黒布に手をかけた。

詩亜も仕方なく自分の黒布を取り払うが、燐への追及は止まない。露わになった素顔は一層「えっ?」という困惑と追及に彩られていた。そして燐は決してそれに応えない。

そうして披露された従者コンビの水着は、ある意味主人の水着よりも独創性に溢《あふ》れていた。

まずは詩亜に目を留めたエルヴィナが、不思議そうに小首を傾《かし》げる。

「あなたの水着も動画映え……?　するようにデザインをしたの?」

「そーゆーこと。一目で分かるでしょう、メイド服意識の水着っすわ」

詩亜はオフショルダー仕様のビキニだが、胸のラインがしっかりとわかるようにレースは控え目だ。普段のメイド服を意識した色調で、カチューシャをつけたままの頭にはパリピ御用達のお洒落《しゃれ》サングラスをかけている。

エルヴィナの絶対美とは対照的な明るく健康的な可愛らしさといった感じで、詩亜のプロポーションを引き立てる絶妙な水着と言っていいだろう。

照魔は何度も頷《うなず》きながら、率直な感想を口にした。

「詩亜、すごく似合ってるよ!」

「照魔《しょうま》さま～シンプルでもこまめにオシャレを褒《ほ》める男の子はモテ散らかしますよ～」

照魔は燐《りん》の著書『一日一ページでＯＫ　初めての男女交際』の内容を無意識に実践しているだけだが、女性の詩亜《しあ》から好評なのであればやはり本の内容は正しかったようだ。

そして燐は、機動性を重視した足首の上まである密着型の競泳水着だ。模様がそれとなく普段の執事服に似ている。

加えて、羽織っているライフジャケットもダークグレーで、やはり執事服っぽい模様をあしらった特別製らしい。

これらは自分の身を守るために着込んでいるのではなく、照魔にもしものことがあった時に速やかに救助するための備えだった。

「この斑鳩《いかるが》、万一坊ちゃまが溺れるようなことがありましたら地球の裏側からでも泳いで駆けつけます」

「いやそこはもうヘリとか使っとけし」

職業意識の高さが異次元過ぎる執事に、メイドの極めて常識的なツッコミが刺さる。

一騎当千の水着力《りょく》を備えた四人が、起死回生の動画撮影に挑む。

○

●

四人が動画の撮影場所として訪れたのは、Ｓブロック——海浜区の最奥《さいおう》に位置する、創条《そうじょう》家のプライベートビーチだった。

照魔はサンダルを脱いで素足で砂の感触を確かめていたが、あらためて詩亜に作戦の概要を尋ねた。

「それで俺たちは、どういう動画を撮ればいいんだ？」

水着での動画撮影を提案したのは詩亜だ。

かなり明確なヴィジョンがあるようなのに、それを資料にまとめて共有しないのが彼女らしくはないが……とりあえず照魔たちは、一通りを詩亜に任せることにしている。

「リィライザが百合営業でバズってんですから、こっちがやることは一つですよ」

「……なるほど、恵雲《えくも》くんとエルヴィナさまが百合をするのですね……？」

「やるわけねーでしょ見たいんか!?　見たいんか燐くんは!?　てか営業どこ行った!!」

燐にしては珍しいいじり方のジョークに、詩亜は怒りながらも思わず苦笑してしまう。

常に礼儀正しく、人の顔を穏やかに見つめながら話す燐が、自分を直視できていないことには気づかず——詩亜はプロデュース内容を説明していった。

「百合に百合をぶつけても泥仕合になるだけでしょ。こっちにはこっちだけの強みがあるんですから、それを活かさない手はないですよ」

百合をもって百合を制する、という策には出ず、むしろこちらの手持ちカードである正道で挑む大切さを詩亜《しあ》は熱弁する。

「動画のテーマは『恋人』——照魔《しょうま》さまとエルちゃん、人間界と天界の架け橋たるお二人の関係性をフィーチャーした動画で勝負です!!」

テーマがはっきりとしていてわかりやすい。おお、と感心する照魔と、微笑を浮かべながら頷《うなず》く燐《りん》。

怪訝《けげん》な表情を浮かべたのは、エルヴィナ一人だった。

「…………あなた、いつもなら私と照魔が仲を深めることを邪魔しようとしてくるじゃない。どういう風の吹き回し?」

「し、詩亜はプロです！　会社の有事に私情は持ち込みませんよ。どーせ止めたって照魔さまとイチャ散らかすんですから、エルちゃんには会社のために働いてもらいます!!」

エルヴィナはしばしの間、詩亜を意味ありげな眼差しで走査していたが——やがて、気持ちを切り替えたように表情を引き締めた。

「そういうことなら任せなさい。今こそ鍛え上げた私の遊び心、見せてあげるわ」

「ああ！　俺もヤバさを磨いてきた自分を試す時が来たんだ！　いっくぞー!!」

拳を衝き上げて元気よくジャンプする照魔と、彼に続いて真顔で両膝をくの字に曲げて飛び跳ねるエルヴィナ。

まさに青春を切り取ったような見事な一枚画を披露した二人だったが、我に返ったように粛々《しゅくしゅく》と着地し、所在なさげに立ち尽くした。

「……海で遊び心を発揮する練習をしていなかったわ」

「海でするヤバいことって、何だ……!?」

二人ともが、己に課した訓練に縛られている。むしろ自然な立ち振る舞いを忘れかけていた。

「…………………………駄目じゃね、これ」

詩亜の悲観に満ち満ちた呟《つぶや》きに、燐は返す言葉を持たなかった。

○　●

波打ち際で向かい立つ、照魔とエルヴィナ。

「うふふふふ」

微塵《みじん》もうふふ感のないうふふ声を上げながら、真顔のエルヴィナが海水を手の平で掬《すく》う。

それを放りかけられた照魔は、そのあまりの勢いに仰《の》け反《ぞ》った。

しかし、ダメージを受けたことを悟られてはいけない。

これは動画撮影——人間と女神の垣根を越えた仲良しを発信するための映像なのだから。

砂の上を歩くエルヴィナを入念に撮影したあと、海辺でのこの恋人っぽいやり取り。少々古典が過ぎる気がするが、王道は強いものだ。

エルヴィナはエスカレートしていき、真顔で鉄砲水に等しい水量をブッかけてくるようになった。消防車の放水めいた威力の水を前に、顔の前で両腕を交差させて耐える照魔《しょうま》。

「女神と遊ぶって……楽しい……なぁ！」

アフレコの必要がないほど、自然な台詞が口をついて出る。台本にあったものだが、照魔の本心でもあるのだからそれも当然だった。

撮影係を務める燐《りん》から、動画に必要な『素材』がある程度集まったと伝えられ、一旦休憩を取ることにする。

ロイヤル感たっぷりな模様のパラソルに、明らかに高級なレジャーシート。

札束が入っていそうに思えるほど豪華なクーラーボックスなど、浜辺の必須アイテムを燐がテキパキと設置していく。

レジャーシートにエルヴィナと並んで腰を下ろし、人心地つく照魔。

「最近仕事が忙しくて、あまり遊べなかったもんな……。動画撮影の名目だけど、いい気分転換になったよ」

「…………これは、私とあなたのデート？」

「まあ、そうなるのかな……」

照魔が苦笑すると、エルヴィナも小さく首肯《しゅこう》を返す。

詩亜《しあ》は動画のテーマを「恋人」だと言った。大っぴらに視聴者に説明するわけではなく、そういう雰囲気を動画から漂わせるということだ。

しかし……雰囲気だけで、世界の人々は自分たちを「お似合いのカップル」だなどと思ってくれるだろうか。

横目でエルヴィナを窺《うかが》う照魔。

本当に綺麗だ。

現金な話だが、下手な小細工をしなくても、この天上の美しさを見ただけで世間の印象は変わるかもしれない。不穏な憶測が払拭されるかもしれない。

一つ気がかりなのは……その隣にいる自分の姿がどう思われるかだ。

海に遊びに来たお姉ちゃんと弟――傍《はた》からはそんなふうにしか見えないのではないか。

女神に相応《ふさわ》しい男になれるよう努力を続けてきた。

エルヴィナと出逢《であ》ってからはその努力を一層高め、いち会社の社長としてより大きな男になれるよう邁進《まいしん》してきた。

そして、ヤバさの特訓にまで手を伸ばした。

三か月前とは比べ物にならないほど成長したと自負している。

それでも、まだ自信がないのだ。

戦いで隣に並ぶ分には、エルヴィナの相棒として役目を果たせていると思う。

だがプライベートで恋人として振る舞う時……未だに自分はエルヴィナに相応しいように

思えない。

一方のエルヴィナは、おそらく恋の意味すら知らず、ただ無垢《むく》に「恋人」という関係を楽しんでいる。照魔《しょうま》はそう考えている。

自信が持てないのは、単に背丈や歳のせいだけではない気がしてきた。お互いの心の問題だ。

エルヴィナは……自分のことをどう思っているのだろう。

そして自分は——エルヴィナのことをどう思っているのだろう……。

「照魔」

「あっ……え!?」

声をかけられて振り向くと、エルヴィナがこちらに顔を近づけてきていた。思わず飛び退《との》く照魔。

「私もだてに遊び心を特訓していたわけではない。海のことを予習はしてきたのよ」

「本当か!?　すごいじゃないか!!」

いつものクールな無表情だが、心なしかちょっとドヤっているように見える。

特訓と言っても要は日がな寝転がって動画サイトを見漁っているだけだが、エルヴィナの確かな成長を感じられた。

「試してみたいことがいくつかあるのだけど、いい？」

「もちろんだ！　何でも言ってくれ!!」

ここで「何でも」と即答してしまう純粋さがいつも苦労を呼び込んでいるのだが、それが創《そう》条《じょう》照魔という少年なのだ。

「……私が砂浜に寝転がるわ」

「うん」

「埋めて」

「え」

「埋めて」

言葉足らずで一瞬びっくりしたが、照魔にもエルヴィナの要求していることのビジョンが浮かんできた。

「あ、ああ、あれか。首から下を砂で覆う遊び」

レジャーシートの外で控えていた燐《りん》が、すかさず名乗り出る。

「坊ちゃま、ここは世界掘削大会で巨大隕石賞を受賞した僕にお任せください」

それがどんな賞かは想像が難しいが、すごいことだけはわかる。

「いや、大丈夫。エルヴィナを埋める穴は俺が掘りたいんだ」

しかし照魔は燐の申し出を固辞し、彼が手にしていたスコップを受け取った。

「言葉の響きは不穏ですが責任感に満ち満ちてご立派でございます……!!」

水着姿になってもいずこかに忍ばせているハンカチを取りだし、落涙を拭う燐。

照魔《しょうま》は早速砂にスコップを突き立てた。

穴を掘るといっても縦に埋めるわけではないのだから、そこまで重労働ではない。浅く掘った砂浜に寝転んだエルヴィナの周囲をスコップでさらに掘り、掬《すく》った砂を身体《からだ》にかけていく作業の繰り返しだ。

エルヴィナは目を閉じ、身体が砂に埋もれていく感覚を享受していた。

「その調子よ照魔。こうして寝転んでいると髪に砂がついて不快だけど、我慢してあげるわ」

「お前がやりたいって言ったのに……!!」

砂を掘ってはエルヴィナにかけ、掘ってはかけ、を繰り返すこと十数分。

麗しき女神の肢体は、こんもりと積み上がった砂に埋もれきった。完成だ。

ところがエルヴィナは唯一外界に露出している首を動かして自身の身体を見つめ、不満げに眉を顰《ひそ》めた。

「胸は?」

「え?」

急に何を言い出すのかと、杖のようについていたスコップを取り落としかける照魔。

「私が観た動画では砂で胸の形を作っていたわ。ちゃんと胸を作りなさい」

「これ会社の紹介動画に使うために撮影してんだぞ!?」

休憩中にもかかわらず、簡易的に動画撮影を再開したのは失敗だったかもしれない。

しかし、一度やれと言ったことでエルヴィナが折れることはまずない。

こうなったら観念して、満足するまで仕上げていくしかないだろう。

スコップを置いて手の平で砂を掬い、成形しやすいようバケツに溜めた水で濡らしながら、エルヴィナ in 砂の胸元へと運んでいく。

「うう……」

照魔はひどく気恥ずかしくなってきた。

分厚い砂に隔てられているとはいえ、自分がぽんぽんと手の平を載せているこの下には、エルヴィナの胸があるのだ。やましい。たまらなくやましい。

はらはらしながらその光景を見つめる詩亜《しあ》。

「あの女は小学生にいくつ妙な性癖を植え付ければ気が済むんですか……!!」

「しかし恵雲《えくも》くん、これまで坊ちゃまに妙な性癖が根づいた気配はありません。強靱《きょうじん》な精神力で性癖に抗っておられるのではないでしょうか」

「それはそれで不憫《ふびん》な話なんすけどねえ!?」

そしてついに、エルヴィナの胸が完成した。（原文ママ）

自分の手で造り上げたエルヴィナの胸を見下ろし、満足げに手で額の汗を拭う照魔。

「できたぞエルヴィナ！　胸!!」

エルヴィナは仕上がりを確認し、しっかりと巨乳になっていることに満足する。

「……ちゃんと大きく作ったわね、私の胸を知っている照魔《しょうま》ならではだわ」

「いやそういうわけじゃ────」

またぞろ誤解を生むようなことをしれっと言われ、狼狽《ろうばい》する照魔だが──


「ふう、満足したわ」


エルヴィナは躊躇《ちゅうちょ》なく立ち上がってしまった。

女神力《めがみりょく》の放射で全身に残った砂を弾き飛ばし、ドヤ顔で髪を掻《か》き上げる。

「俺のアートがああああああああああああああああ!!」

丹精込めて造り上げたおっぱいが秒で崩れ落ちていく様を目の当たりにし、照魔も膝から崩れ落ちた。

確かにエルヴィナが直に賜わす性癖には抗えているのかもしれないが、その過程で発生する様々な出来事が彼の性癖に影響していないかが、従者たちにとっての不安の種である。

「そうだわ。次はあの何かてかてかしたものを私の身体《からだ》に塗りなさい。動画で見たわ」

悲嘆にくれる照魔だが、女神の要求は止まらない。

今度はサンオイルを塗れと言っているようだ。詩亜《しあ》が疑問符を浮かべる。

「……え、女神って日焼けするんすか」

「しないわ。太陽ごとき雑魚星《ざこぼし》が女神の肌に干渉できるわけがないでしょう」

「じゃあただ照魔《しょうま》さまにカラダ触らせてえだけだろうがこのクソエロ女神があああああああああああああああああああ!!」

全ての生命の源、母なる星とも呼ばれる太陽すら雑魚と断じるその気概、もはや呆《あき》れるどころか尊敬すら覚える。

「動画と同じことをしたいだけよ」

「女神がネットに悪影響を受けていく……!!」

ぐぬぬと歯噛《はが》みし、ネットの功罪に思いを馳せる詩亜《しあ》。

「それに私は照魔の恋人なのよ？　自分の身体《からだ》に触れさせて何の問題があるの？　さあ、てかてかしたものをここに持って来なさい、メイドさん」

「詩亜たちは照魔さまが健やかに真っ直ぐ育つお手伝いをする義務があるんですよ！　そんなにカラダに何か塗ったくりたいなら硫酸でも持ってきてやりますか!?」

「それだと坊ちゃまの手も危険なのでNOです恵雲《えくも》くん」

しぶしぶ高級サンオイルを持ってきて、照魔に手渡す詩亜。

エルヴィナはレジャーシートの上にうつぶせに寝転がり、準備万端だ。

照魔は意を決して手の平に琥珀《こはく》の液体を落とし、ぎゅっと目を瞑《つむ》って手を突き出した。

「あっ……」

我慢しきれずに思わず漏れ出たような、切ない嬌声《きょうせい》が潮風に運ばれていく。ちなみに声の主は照魔だ。

指先が触れたエルヴィナの肌があまりにも柔らかくきめ細かかったので、ビクリと全身を震わせてしまった。

「ムカつくし代わりたいけど、小学生の男の子が初めて女体に触れる瞬間を見届けるってのはこう、ぐっとくるものがありますね……!!」

「恵雲くん、顔」

詩亜は嫉妬と好奇心の狭間《はざま》で表情筋が滅び、ガンつけながらにやけるという狂態を晒《さら》している。

それに比べて、さすがは創条《そうじょう》家の歴史の中でも類を見ない才能を誇ると謳《うた》われる一流執事、斑鳩燐《いかるがりん》。小学生の男の子が戸惑いながら女体に触れる様を見届けながらも、エレガントな微笑《ほほえ》みを崩さない。

「無心だ無心……俺は特訓してヤバさを増したんだ、このぐらいあっさりこなしてやる!!」

「だったらもっと全身くまなく塗りなさい、背中の一部分しか触っていないでしょう。私との特訓ではもっと他の場所にも触れていたはずよ」

さらに無茶な要求をされる。特訓の時に照魔がエルヴィナの腋《わき》をくすぐったのは女神装衣の上からで、今は素肌を大きく露出している。この差は大きい。

くまなくは勘弁してくれと懇願する照魔《しょうま》。

「太股《ふともも》ちょっと触ったから！　これでいいだろ!?　許してくれよ!?」

「駄目よ。水着で覆われていない部分は微塵《みじん》も余さずてかてかにしなさい」

「あああぁ……!!」

何という厳しい判定か。

照魔は半泣きで二の腕や肩にも手を伸ばしていった。

柔らかい。きめ細かい。温かい。もう死にそうだ。

「くううう見てて腹立つなあ！　照魔さま！　フェイントで水着の中に手ぇ突っ込んでそのエロ女神のお澄まし面《づら》をブッ壊してやってください!!」

燐《りん》や詩亜《しあ》はテンパっている照魔ばかりに注意が向き、照魔自身もできるだけエルヴィナの身体《からだ》を見ないようにしているため、気づいていなかった。

言葉こそ余裕だが、エルヴィナの頬《ほお》に薄く朱が差していることに。

それからも照魔たちは、エルヴィナが動画で観たという海の楽しみ方を片っ端から実践していった。

四人は会社の公式動画の撮影が目的だったことも忘れ、いつ終わるともなく海を満喫する。

照りつける日差しと心地よい波音が、ひと夏の思い出として刻まれていく。

そして――

○　●

心地よい春風がそよぐ、晴天の朝。

創条《そうじょう》家の別邸の玄関で、慌ただしく動く男女の姿があった。


「早くしろ、遅刻するぞ！」

「わかっているわ、もう」


少女を急かす少年は、背の丈は一六〇センチ強……無造作に切り揃《そろ》えた黒髪が、ベージュのブレザー姿に映えている。

「だいたい夜遅くまで動画観漁って寝坊するなんて、遊び心を身につけるとか言ってた昔から全然進歩してないじゃないか!!」

「……仕方ないでしょう、私も睡眠を取るようになったのだから……それに今も、動画鑑賞は業務の一環でしょう?」

玄関の前につけたリムジンの前では、銀髪の執事と赤髪のメイドがにこやかに微笑《ほほえ》み、彼らのやり取りを見守っている。

そして少年に小言を言われている少女は、可愛らしくむくれてみせた。文句を返しながらも、その声はどこか弾んでいる。

春の晴天に負けないほどの透き通る蒼髪《そうはつ》を風に揺らし、同じくベージュのブレザーに身を包んだ少女はリムジンへと急ぐ。

女神たちとの戦いから、数年の月日が流れた。

創条照魔《そうじょうしょうま》、一六歳。高校一年生。

平和になった人間界で、彼は今朝も恋人のエルヴィナと一緒に高校へと登校するのだった。

MYTH：6　夢幻の再会

照魔《しょうま》たちの人間界は、平和を取り戻した。


転機は動画配信者の女神——リィライザの働きかけだった。

彼女が動画を通じて人間に女神のことを伝えたい、広めたいと語っていた思いに嘘はなく。

やがてデュアルライブスも、リィライザに協力していく形を取った。

人間界は並行世界として無数に存在していること。その人間界の調和を保っているのが、神の国・天界に住まう女神たちであること。

そして女神が人間界の調和を保つためには、人間からの崇拝が必要であること——。

女神の真実と天界の現状を広く認識したことで、照魔の世界の人間たちは女神を崇め、讃え、彼女たちとともに全ての人間界に調和をもたらすよう尽力したのだった。

人間の崇拝が薄れて女神の権能が低下するという問題も解決し、天界はかつての繁栄を取り戻した。

「ホンットに平和になってよかったですよね～。仕事量が減ってお給料は据え置きで、詩亜《しあ》は言うことナシゼロです!!」

リムジンで照魔とエルヴィナの席と向かい合わせになった後部座席に座る詩亜は、弛緩《しかん》しきった顔でそう言った。運転席の燐《りん》の微笑が聞こえてくるようだ。

「そうだな……デュアルライブスの仕事は母上と父上も手伝ってくれるようになったし、しばらくは学業の方に比重を置けそうだ」

照魔は万感に口許をほころばせ、通学中のリムジンの窓から外を眺める。

神樹都《かみきど》は繁栄を続け、街の象徴であるセフィロト・シャフトはさらに高く増築されている。

真新しいランドセルを背負って通学路を歩く子供たち。フレッシュなスーツに身を包んで颯《さっ》爽《そう》と会社に向かう社会人たち。

華やかさを増した近代都市は、新しい始まりを告げる季節も相まって、そこに生きる人々を自然と笑顔にしていた。

もちろんそれは、まだ高校生になったばかりの照魔もそうだ。

小学六年生の時はスーツで学校に通い、中学は――中学は少し記憶が曖昧だが、高校生になってようやく制服を着て学校に通うことになったのだ。

何より嬉しいのは――

照魔がリムジンの後部座席で隣り合って座るエルヴィナに視線を送ると、計ったように同じタイミングでエルヴィナもこちらを向いた。まるで、眼差しが磁力と磁力で引かれ合うように。

「……その制服、似合っているわよ、照魔《しょうま》」

そう言ってエルヴィナは、優しく微笑《ほほえ》む。照魔が新しい服に身を包む度に言ってくれた、思い出の言葉とともに。

「エルヴィナも似合ってるよ……制服」

——何より嬉しいのは、エルヴィナと一緒に高校に通えるようになったことだ。

今まで色々な服装を楽しむエルヴィナを見てきたが、学校の制服だけは一度も着ることがなかったし、本来はあり得ないことだった。

天界への理解が広まったおかげで、人間界における女神と人間との共存が叶い、多くの女神が普通に神樹都《かみきと》で生活を始めている。

これまではエルヴィナを除けば、デュアルライブスに勤めるエクス鳥《とり》やマザリィたち一部の神聖女神《セイヴアリド》以外に、人間界で生活する女神はいなかった。だが、今は違う。

今度はエルヴィナと一緒に窓の外へ目を向ける照魔。

クモメガミやコウモリメガミが、ビルの改築工事に精を出している。

横断歩道の前では、カマキリメガミが鎌に手旗を装着し、通学児童を誘導中だ。

かつては街を破壊し、人々の安全を脅かしていた彼女たちのそんな姿を見ると、照魔の胸に熱いものがこみ上げた。

リムジンの後部座席にある車内モニターが起動し、赤い球体が表示される。

〈少年。今日の都知事との会談だが……私でいいのか？〉

モニターの枠一杯にビデオ通話で表示されたエクス鳥に向け、照魔は苦笑しながら頷《うなず》く。

〈エクス鳥さんはもう、うちの副社長なんです。俺が会社にいない時は最高責任者なんですから、相応《ふさわ》しいに決まっていますよ〉

〈フッ……承知した。受付嬢などと違い、やり甲斐《がい》のある仕事だ。任せてもらおう〉

エクス鳥は自信たっぷりに笑うと（立ち絵を使い回しているゲームのように表情は一切変わっていないが）、ビデオ通話を終了させた。

エクス鳥はこの春、受付嬢から副社長に昇格した。その副社長の役職を虎視眈々《こしたんたん》と狙っていたエルヴィナが折れたのはひとえに、それ以上にやりたいことができたから。

照魔と一緒に学校に通えるようになったからだ。

人間界で見聞きする様々なものに好奇心を抱いてきたエルヴィナ。学校が存在しない天界で数万年に渡り過ごしてきた彼女にとって、制服を着て高校に通学するのは今までトップクラスの一大イベントだ。興味の優先順位が変わるのも無理はない。

戦いが終わり、色々なものが変化した。人間界だけではない、天界もそうだ。

神聖女神《セイヴァリド》と邪悪女神《ゾディアクス》は和平を結び、そして創造神は——

女神と女神が争わなくてもいいよう、創条照魔《じぶん》がなると決意した創造神は——どうなっただろう。

ふと照魔《しょうま》は、窓に向けていた目を瞬かせた。

今一瞬、流れていく景色の中に、桃色の髪の少女と蒼《あお》い髪の少女が向かい合っているのが垣《かい》間《ま》見えた気がするが……何かの見間違いだろうか。

（そうだ、創造神にはマザリィさんがなったんだった）

うっかり忘れていた大事なことを思い出し、照魔は何度も頷《うなず》く。

まだ真新しさの残る高校の制服の袖に目を落とし、見つめているうちに、燐《りん》の運転するリムジンは照魔の通う高校の校門前に到着した。

さながら姫君にするようにエルヴィナの手を引いて車から降り、二人で校門を潜《くぐ》って昇降口へと向かう。

何て充実した日々だろうか。

戦いさえなければ、会社と学校の両立はこんなにも簡単だったのだ。

今は大切な恋人——エルヴィナと一緒に、毎日高校に通うことができている。

並んで歩きながら、エルヴィナが上目遣いで見つめてきた。

「何を考えているの？　照魔」

「いや、お前と一緒に女神と戦っていた頃のこと思い出して」

「……懐かしいわね……」

同じく昇降口へと向かう生徒たちの目も憚《はばか》らず、エルヴィナが腕を組んでくる。

出逢《であ》ったばかりの頃は、背丈が違いすぎて腕を組んで歩くことはできなかった。

周りからどんな関係に見られているのか、いつも気にしていた。

しかし成長した今は、自分はエルヴィナの恋人なのだと堂々と胸を張れる。

「本当によかったよ。女神と戦わなくて済むようになって」

万感の思いを言葉に託し、青空を仰ぐ照魔。不意に、自分の手の平を見つめた。

まだ聖剣を握り締めて戦っていた頃の、小さな手の平がうっすらと重なる。

『こんなに大きな剣なのに、丸めた新聞紙みたいな軽さだ』

そう許してエルヴィナの微苦笑を買った、あの懐かしい重量までもが手の平に広がった。

どうして今、この感覚が——照魔が怪訝《けげん》に眼を細めると、幻影を霧散させるように上から
そっと白磁の細指が重ねられた。

「手じゃなくて、私を見て」

両手で照魔の右手を包み込んだエルヴィナは、その手を自分の頬《ほお》に引き寄せ、拗《す》ねるように
甘えてきた。

そうだ。この温もりがあれば、他に何も余計なことを考える必要などない。

女神とごく普通のカップルのように恋愛する……そんな毎日を、戦いに明け暮れたあの頃
にどれほど夢見たことか。これが今の創条《そうじょう》照魔の日常なのだ。

世界が平和になって、本当によかった。

願わくば、この幸せな日々がずっと続きますように——。

○
●

心からの安堵《あんど》に破顔する照魔《しょうま》と、彼の傍《かたわ》らで幸せそうに微笑《ほほえ》むエルヴィナ。

そんな仲睦《むつ》まじいカップルの日常が、四角く切り取られて空に浮かんでいた。


映画館のスクリーンほどの大きさで浮遊する、その無機質なウィンドウを横目に。

「ッ……はあ、はあ……!!」

女神装衣に身を包み、二挺《ちょう》の黒き拳銃・ルシハーデスを握り締めたエルヴィナが、地面に膝をついて息を荒らげている。その周囲は、惨憺《さんたん》を極めていた。

地面が抉《えぐ》れて無数のクレーターが作られ、周囲に整然と並んでいた木々が見る影もなく倒され、その中のいくつかは幹が燃えている。

踊る炎の只中で歯噛《はが》みするエルヴィナを嘲笑《あざわら》うかのように、映像の中にいる制服姿の照魔とエルヴィナは二人並んで校舎へと入って行く。

残酷なまでに明暗の分かれた二つの世界で、二人のエルヴィナが対照的な表情を浮かべている。

地獄にも似た焼け野原の只中。凛然《りんぜん》とした形相で正面を睨《にら》み付けるエルヴィナ。彼女の視線の先には――

「も～。無駄なことしないで、一緒にリィの投稿した動画を観ようよぉ、エルちっ☆」

女神リィライザが、満面の笑みを浮かべていた。

今一度、自分の傍に浮遊するスクリーンを一瞥《いちべつ》するエルヴィナ。

「一体、何が起こっているの……照魔たちに何をしたの⁉」

「せめてそれ聞いてから攻撃してきてよぉ、三〇分くらい遅いよ⁉」

数年の月日など流れてはいない。

照魔とエルヴィナは、一緒に高校に進学などしていない。

実際には……照魔とエルヴィナ、詩亜《しあ》と燐《りん》の四人で創条《そうじょう》家のプライベートビーチで動画撮影を終えてから、一時間と経過していなかった。

撮影が無事に終わり、四人全員がほっとひと息ついた瞬間。

まず、照魔の姿が見えなくなった。

大切な主が波に攫《さら》われでもしたのではと、血相を変えて捜索を始めた燐も、気がついたらいなくなっていた。

そして詩亜《しあ》に至っては、エルヴィナの目の前で球体型の力場に包まれ、空高く浮遊した。

球体型の力場が向かう先の空に薄笑みを浮かべるリィライザの姿を認め、全てを悟ったエルヴィナは激昂《げきこう》。

照魔《しょうま》たちをどうしたかを問い質《ただ》すより——言葉より先んじて、黒き魔銃を斉射していた。

おそらくは以前戦った時のように、照魔たちを別空間に閉じ込めでもしたのだろう。ならば、術者であるリィライザを葬り去れば照魔たちは解放される。

そうタカを括《くく》って一気呵成《いっきかせい》に攻め込んだエルヴィナだったが、リィライザは向けられる怒りもろともルシハーデスの光弾を飄々《ひょうひょう》と躱《かわ》し、逃走を開始。

創条家《そうじょうけ》のプライベートビーチがあるSブロック——海浜区画から、自然公園地区であるNブロックまで追跡は続いた。

見わたす限り木々に覆われ、切り立った崖をいくつも擁する大きな山に踏み入ったところで、リィライザはようやく足を止めた。その時にはすでに、球体型の力場に包まれた詩亜の姿はなかった。

決着を着ける気になったかと身構えたエルヴィナの目の前で、リィライザは空中に巨大なスクリーンを展開した。

そこには、逞《たくま》しく成長した照魔が——自分ではないエルヴィナと幸せな毎日を過ごす、おぞましくも残酷な光景が映し出されていたのだった。

さらに怒りを露わにするエルヴィナを前に、リィライザは邪悪な笑みとともに横ピースを決め、指先で光の筋を描き、凝縮。魔法のステッキを思わせるディーアムド、ブレイバーマギアを装備した。

後はエルヴィナがひたすらルシハーデスで銃撃し続け、リィライザがそれをブレイバーマギアで出現させた『魔法』——ポップな図形やぬいぐるみを放射して相殺し続けるだけの、不毛な消耗戦が展開されていった。

スクリーンに映る、今はまだあり得ないはずの平和な神樹都《かみきど》を尻目に……。


二神一体となって全力を発揮する今のエルヴィナにとって、照魔のいない場所で戦うのは翼の数と同じく戦闘力そのものも半減しているに等しい。

シエアメルトほどわかりやすく直接的な戦闘力の高い女神ではない、絡め手を得意とする六枚翼《エクストリーム》のリィライザとはいえ、力の差は歴然であった。

ようやく攻撃の手を休めたエルヴィナを前に、リィライザはやれやれと嘆息した。

「初めは私を惑わすために、幻覚でも作りだして見せてきているのかと思ったわ。けれどその映像の中の照魔は、照魔と私しか知らないことを何度も口にしている……!!」

「そんな理由でぉかしいって気づくなんて、ロマンチックだねぇ。ちょっと妬《や》けちゃうょ、エルち」

二人がどちらからともなくスクリーンに目を向けると、照魔《しょうま》とエルヴィナが真面目に教室で授業を受けているところだった。

「あ、けっこう場面飛んでる〜。この『動画』は生配信オンリーで、アーカイブに残らないいんだよ？　もっとちゃんと見たかったのに〜！　エルちが話聞かなぃんだもん」

リィライザはいちいち専門用語を使うので隣に照魔がいないとわかりづらいが、今の言葉ならエルヴィナにも聞き覚えがある。アーカイブというのは生配信をいつでも見直せるようにした動画のこと。一方で、生配信の中にはその時間に画面の前にいなければ見ることができないものがある……そう教えられた。

つまりこの映像の中の照魔は、リアルタイム配信をしている。今もなお現実を生きているということなのだろうか。

リィライザに創り出された、まやかしの現実を。

しかしそう考えると、エルヴィナには解せない点がいくつかあった。まず、照魔とエルヴィナは、生命《いのち》とともに大きな制約も共有したのだ。

「……照魔と離ればなれになれば、私は生命を維持できなくなるわ。シェアメルトの報告で、あなたもそれを知ったはずでしょう？」

実際に以前エルヴィナを会社に残して、照魔だけが一つ隣の区画にある学校へ登校しただけで、エルヴィナは立っていることもできないほど身体《からだ》に変調をきたした。

映像の中の照魔がいる学校は居住区のLブロック――この自然公園区からは二区画も離れているのだ。こうして無事でいられるはずがない。

照魔が攫《さら》われたと悟った瞬間、エルヴィナが血相を変えてリィライザを追いかけた理由がこれだ。

創条《そうじょう》照魔と距離を離されることそのものが、エルヴィナにとって最大の弱点なのだから。

リィライザはスクリーンに目をやり、エルヴィナの疑問を最かわスマイルで払い飛ばした。

「うん、知ってるよ。だから照魔くんは、そこにいるでしょ？　離ればなれになんてなってないよ」

照魔を閉じ込めている異空間は、リィライザのすぐ傍に展開されていると解釈すればいいのだろうか。ひとまず自分と照魔の吃緊《きつきん》の生命の危機はないようだが、エルヴィナの一番の疑問は他にある。

「へぇ～照魔くんって成長すればあんな感じなんだ。リィは今の小っちゃい方が好みかな。エルちはどう？」

リィライザの軽口を払うように拳を薙《な》ぎ、エルヴィナは叫んだ。

「あなたが創りだした異空間を、照魔が現実と勘違いして普通に生活しているとして……。何故彼は成長しているの!?」

あの映像の中の照魔《しょうま》が本人であるとすれば、一気に成長してしまっているのはおかしい。リィライザに人間を無理矢理成長させる力はないはずだ。

「だから言ったよね、これは『動画』だって。照魔くんはあくまで素材……編集次第で何でもできるし、どんなふうにも進められる。それが動画のいいところでしょ？　まあ、それを生配信でできちゃうのが、リィのすごいところなんだけど☆」

問い質《ただ》し、説明を受けても、エルヴィナには今一つリィライザの能力の概要が掴《つか》めない。

照魔が……いやせめて詩亜《しあ》か燐《りん》がここにいてくれたら、嚙《か》み砕いて説明してもらえるのだろうが――。

そう思い至ったところで、エルヴィナは照魔以外もリィライザの手中に囚《とら》われていることを思い出した。

「メイドさんと燐はどうしたの!?　メイドさんだけは、妙な力場に閉じ込めていたけれど……」

「詩亜は……約束守って例外にしただけ。てかエルち、バカみたいに撃ちまくってくるんだもん、リィが詩亜のこと退避させてあげたんでしょー？」

リィライザがブレイバーマギアを胸の前で軽く回すと、空の彼方から球体型の力場が飛来してきた。その中でへたり込んでいた詩亜は、リィライザの姿を認めるや声が裏返るほど泡を食って恨み言をぶつける。

「このアホオオオオオオオ！　あんなクソ高《たか》お空にいつまでも放置プレイしゃーがって、この球ん中で粗相してやろうか、おお!?」

「いーよ」

女神の寛大な慈悲でおもらし許可をもらったはいいが、詩亜にも何が何やらわからない。

と、詩亜の目にもスクリーンの映像——高校生に成長した照魔の姿が飛び込んできた。

「ウッソ、あれ照魔さま!?　鬼好みに成長あそばれてんすけど……何で隣に制服のエルちゃん!?　『ギリあり』と『きっつ』の狭間《はざま》で反応に困る!!」

「きつくないわ」

長い間高空に放置されていた恐怖からかテンションがおかしくなっている詩亜は不憫《ふびん》だが、エルヴィナはその一点だけはツッコんでおく。自分の制服姿はいける。きつくない。

「照魔がリィライザの創りだしたまやかしの中に囚われてしまったのよ。私たちは、海で遊んでいる隙をまんまと突かれてしまった」

「——————え」

自分好みのイケメンに成長した照魔を見てはしゃいでいた詩亜が、エルヴィナに事情を説明された瞬間、言葉を失った。

「詩亜も一緒に見ようよ～。詩亜のおかげで、いい動画ができたんだー♡」

さらにリィライザから自分の手柄を強調して言われ、詩亜は顔を青ざめさせた。

「……ま、まさか……詩亜のせい——」

「燐《りん》の行方をまだ聞いていないわよ、リィライザ。まさか照魔《しょうま》と同じまやかしを見せられているの？」

詩亜《しあ》の言葉を遮《さえぎ》り、リィライザに詰め寄るエルヴィナ。

「執事くんは執事くんで、別の世界を生きてると思うょ？」

だが、返ってきた答えは最強の女神の想像をも絶するスケールだった。

「っていうか、照魔くんとか執事くんだけじゃないょ。リィのチャンネルの登録者全てが、今頃リィの作った動画《せかい》で楽しく過ごしてるんだぁ～！」

リィライザのチャンネルの登録者数は、今や五千万人以上。照魔たちと一緒に毎日動画を確認していたのでエルヴィナも熟知している。

そんな膨大な数の人間がリィライザの異空間の餌食《えじき》になったと知り、エルヴィナは愕然《がくぜん》とする。

「あり得ないわ！　いくら神でも……五千万の人間を一斉に別個の世界へと転移させるなんて……!!」

「できてるょ？」

リィライザは答え代わりにブレイバーマギアを天高く掲げ、照魔のスクリーンの周囲に無数の小さなスクリーンを浮かべていった。

何人もの美女に囲まれている者、札束のプールでバタフライをしている者、地平の果てまで埋め尽くされた料理に舌鼓を打つ者。

皆、幸せな夢を見ている。

幸せなまやかしの中を生きている。

その中に一瞬、斑鳩《いかるが》燐の姿が見えた。

普段の気品溢《あふ》れる微笑《ほほえ》みとは違う、少年のような無垢《むく》な笑顔を彼が向けているのは――

燐の笑顔ごと、映像がぶつりと切れる。エルヴィナが見つめる前で全てのスクリーンが消えていき、また照魔のスクリーン一つだけに戻る。

「でもやっぱり照魔くんの動画《ゆめ》が一番いいよね！　きゃわわすぎでしょ、エルちよりおっきくなるのが望みだったなんて♡」

リィライザは大層な術ではないと嘯《うそぶ》いているが、とんでもない。

ただ夢を見せるだけなら――世界中の人間を一挙に昏睡状態にするというだけなら、六枚翼《エクストリーム》の女神力《めがみりょく》をもってすれば可能だろう。同じ六枚翼《エクストリーム》のシェアメルトが、世界中のカップルを破局させかけたように。

だが先ほどのように、エルヴィナは全ての人間の夢を外部から認識することができた。つまりリィライザの仕掛けた『夢』には実体がある。

一人の人間の夢を創りあげる――それはすなわち、一個の世界を、宇宙を構築するに等しい。それをチャンネル登録者数、五〇〇〇万人分だ。

そんな神の領域からも外れる絶技を成し遂げる女神はもはや、創造神以外にあり得ない。

「一体どうやってこんな大それたことを……あなたの動画には何の仕掛けもなかった!!」

「そうだよ？　動画に仕掛けなんてないもん……リィの生み出した夢の空間、讃美空間《リィフィールド》は、リィを讃美する者を取り込んで形成される……チャンネルで配信する動画はただ面白ければそれでぃーんだ☆」

やられた。エルヴィナもようやくリィライザの企みに合点がいった。

配信している動画に何か術を施していると思い込み、マザリィたちと一緒に入念に女神力《めがみりょく》の痕跡を探ったことで、墓穴を掘ってしまった。

動画はただのマーキング。『リィライザの配信した動画を観たことがある』という条件を満たした者に作用する能力を組み立ててしまえば、悪巧みも外部に察知されようがない。

止める方法は一つ。リィライザが動画配信を始めた時点で彼女の所在を探り、グレーの状態だろうが何だろうが問答無用で叩き潰すより他になかったのだ。

しかもリィライザはそこまで下準備をしておきながら、万一に備えてさらに用心深くもう一手を加えていた。

「けれど、こんなふうに全世界規模で讃美空間《リィフィールド》を展開するには、さすがにめっちゃ時間がかかっちゃうの……。妙な女神力《めがみりょく》が世界に拡散していくんだもん、こっそりやってもエルちには気づかれるかもしれないでしょ？」

「……やっぱり……。私たちが、動画撮影に集中している時を狙って……！」

「そ！　エルちには周りが見えなくなるぐらい思いっきり弾けて、楽しんで欲しかったんだあ……時間を忘れるほどに。ねー？　詩亜《しあ》」

背後に浮かんでいる球体に、フレンドリーに語りかけるリィライザ。

詩亜は罪悪感に打ちひしがれ、囚《とら》われた球体の中でくずおれていた。

「ごめん……エルちゃん……詩亜のせいで、こんなことに……!!」

エルヴィナは息を整えるが早いか、大仰《おおぎょう》に溜息をつく。

「あなたが私に水着を着ろと言ったせいでこうなったと言いたいの？　……自惚《うぬぼ》れるのも大概にしなさい。私は自分で着たくて水着を着たし、自分で来たくて海に来たのよ」

「でも、詩亜はリィライザと──きゃあっ！」

「はいはい、詩亜はちょーっと離れて見ててねー☆」

リィライザがブレイバーマギアを空にかざして一振りすると、詩亜を包む球体は木々の向こうへと飛ばされていった。さすがに今度は高空には固定しないようだが。

詩亜はリィライザと以前に接触している。そして何かを吹き込まれた。

エルヴィナは今の二人の僅かなやりとりを見て看破した。

「──メイドさんに、眷属《けんぞく》になるよう拐《かどわ》かしたわね」

「その予想が簡単に出てくるってことは、エルち気づいてるんでしょ？　詩亜のコンプレックス……女神に憧れてること。エルちが眷属《けんぞく》にしてあげればよかっただけだよね？」

リィライザは口許を隠すように横ピースを決める。しかし、その指を振り抜いた時そこにあったのは――やはり嘲笑《ちょうしょう》だった。

「黙りなさい、リィライザ！」

エルヴィナは走りだしながら、自身の前面に光の種を投げつける。前方に形成された魔眩樹《まどうじゅ》とすれ違いざまに手を差し入れ、中から二挺《ちょう》のルシハーデスを摑《つか》み取った。

「配信者が黙ったら、放送事故だよ？」

リィライザの指が光の軌跡を描き、ステッキ型に凝縮していった。

そしてルシハーデスの銃身に紅いラインが走り、展開変形していく。

黒き二挺拳銃の銃口を自身に向けられた瞬間、リィライザはブレイバーマギアで大きく弧を描いた。ステッキの先端から大小無数のシャボン球が放たれ、エルヴィナの周囲で爆発し始める。

「っく……！」

エルヴィナは紅い魔眩光弾《まどうこうだん》を乱射してシャボン球を撃墜しながら、爆風を身体《からだ》で突き破ってリィライザへと肉薄した。

その面《おもて》には、触れてはならぬものに触れられた龍の如き怒りが漲《みなぎ》っている。

二挺のルシハーデスを手にしたままで繰り出す肉弾格闘。リィライザは対応しきれずに身体中に被弾していく。

「いたっ……いだあっ……何それ、エルちそんな戦い方覚えたの!?」

銃把《じゅうは》でも銃身でもいい、己の拳足でもいい、形振《なりふ》り構わずリィライザへと叩きつけたい。

遊び心に邁進《まいしん》した日々に背を向け、エルヴィナはただ激情のままに拳足を振るう。

「いた――い痛《い》ってえんだよ脳筋があああああああああああああああああああああ!!」

「かはっ……!!」

脇腹に強烈な一打を浴び、エルヴィナは身体をくの字に折る。

リィライザの右手にあるブレイバーマギアは一八〇度反転し、戦棍《メイス》と化していた。

「ブレイバーマギアの本命はこっち。リィはカワイイを共有できないわからず屋さんたちを残らずブッ飛ばしまくって、ブン殴りまくって、いつしか六枚翼《エクストリーム》になってたんだょ？」

魔法の裏返しは物理。魔法のステッキをひとたび返せば、それはあらゆる敵を殴り倒すシンプルで凶悪な打撃武器としての顔を見せるのだ。

「リィがただきゃわわすぎるだけで六枚翼《エクストリーム》にまで上りつめたと思ってた？　思ってても無理ないけど☆」

「思ってないわ」

そして得物とともに、リィライザのキャラ作りも裏返る。

「――てめえら脳筋よりちょびっと不得意ってだけで、リィもブン殴り合いがやれねえわけじゃねえぞ」

脇腹を押さえながらよろけるエルヴィナ。その後ろでは今も、照魔《しょうま》の偽りの青春がスクリーン状に切り取られている。

「おうおう、放課後の屋上に二人きりだ、やっぱテンプレはいいねえ！」

校舎の屋上。沈み始めた夕陽を背に、照魔とエルヴィナが、並んでベンチに座っている。

それを見たリィライザは、粗野な口ぶりとともに屈託なく笑った。

「おら、ようく見てみろエルち、泣かせるじゃねえか！　坊主はあのくらいの歳になりゃ、世界があんなにも平和になるって思ってやがる！　女神と人間の共存なんて、あり得るはずがねえのによお!!」

「――――――!!」

エルヴィナの脳裏に、いつか見た悪夢が過《よぎ》った。

シェアメルトとの戦いに……六枚翼《エクストリーム》との戦いに初めて勝利した直後、幻影のように眼前に広がった、破滅の光景が。

先ほどまでリィライザを近接戦闘で圧倒していたエルヴィナが一転、動きに精彩を欠いて次々に被弾していく。

「うっ……！」

照魔が逞《たくま》しく成長した姿だ。たとえまやかしであろうと、遊び心を身につけて心にゆとりを持った今のエルヴィナなら、戦闘の片手間で楽しむ余裕があったはず。

しかし本当ならば歓迎すべき成長した照魔も、エルヴィナは直視することができない。

エルヴィナが視《み》た破滅の幻影の中で、成長した照魔は全ての女神を滅ぼし、ただ一人の八枚翼《エクセリオン》――創造神として廃墟と化した神樹都《かみきど》に佇《たたず》んでいた。

何としてもそんな悲劇の未来には辿《たど》り着かないと決意し、エルヴィナは今日まで戦い続けてきたのだ。

一方の照魔は、女神と戦わなくてよい世界を思い描き、普通に高校生になって、普通に日々を営んでいる。

照魔と自分は――思い描いた未来が違うと、はっきりわかってしまった。

エルヴィナには、ごく普通に成長したあの照魔があまりにも眩《まぶ》しすぎる。

「何辛気くせぇ顔してやがる、リィかリィの動画かどっちか見ろォォ!!」

エルヴィナの心の間隙《かんげき》を縫うように、リィライザのブレイバーマギアが空《くう》を踊る。

「くっ……うう……!!」

決定的な痛打を右脚に受け、エルヴィナは崩れ落ちた。

「なぁ、エルちよ。無駄な喧嘩《けんか》はやめて、動画を楽しもうぜ。リィの最高傑作だ――」

「ふざけないで……こんな捏造《ねつぞう》された動画、楽しめるはずがないわ！」

「そう言うなよ。エルちは女神だから、人間みてえに楽しい夢に溺れることは不可能だ。こうして人間の夢を垣間《かいま》見ることでしか、夢に触れることができねぇ……だろ？」

癇癪《かんしゃく》を起こした子供を諭すようなリィライザの優しい語り口に、エルヴィナははっと息を呑《の》んだ。

ようやく自覚した。遊び心を得ようと詩亜《しあ》の指導でだらける特訓をしていく中で、自分は何故、動画鑑賞にあんなにも魅了されたのか。

動画観賞は——女神にとって、夢を見る代替行為だったのだ。

「——そうね……。完全体として生を受ける女神は、涙を流すこともできなければ、夢を見ることもできない……」

声を震わせることでしか悲しみを訴えることのできない哀しき存在、女神。

しかしエルヴィナの声は、悲しみではなく怒りに微震していた。

「けれど確かに生きている現実の中で、悲しみ、喜ぶことができると知った……。天界での数万年より、人間界で過ごした数か月の方が、ずっと楽しかったわ……！」

痛む右脚を引きずりながらも、エルヴィナはその凛《りん》とした双眸《そうぼう》で不屈を訴える。

「私は優しい夢を見られなくてもいい！　それ以上の幸せを、現実で照魔《しょうま》がくれるから!!」

ほんの一瞬、リィライザは毒気を抜かれたように固まった。

「……エルちにそこまで言わせちゃうって……本当にすごぃ子なんだね……」

口調が戻り、皮肉でも何でもなく、素直に本心を発してしまうリィライザ。

「でもそんな楽しい日々《げんじつ》はおしまい。照魔くんはもう……リィの動画の素材でしかないんだから」

スクリーンの向こうで、エルヴィナが照魔に顔を近づけていた。

暮れなずむ夕陽を背に、影が重なっていく二人。最高のロケーションだ。

「わっ、キスだょ！　キスするょ、エルちっ!!」

もはやリィライザは単なるいち観客として、夢の中の照魔とエルヴィナに黄色い声を送っていた。

「やめなさい照魔！　それは私じゃない！　空気と口付けを交わすようなものよ!!」

「その口付けは全人類全女神が経験済みじゃないのお!?」

スクリーンの内の照魔を一瞥《いちべつ》し、リィライザは勝ち誇った微笑を浮かべた。

その薄ら笑いは、程なく驚愕《きょうがく》に引きつることとなる。

夕陽の見つめる中で、二つの影は完全には重ならなかった。

エルヴィナの唇は、照魔《しょうま》の唇に触れることはなかった。

ごく自然に身を寄せてきたエルヴィナを、照魔自身が拒絶したからだ。

『……違う。エルヴィナじゃない……？』

照魔に両手で肩を押されて抱擁を解かれたエルヴィナは、甘えた口調で不満をこぼす。

『何を言ってるの？　私はエルヴィナよ……ずっと一緒にいたじゃない』

心を抉《えぐ》るような言葉に耐え、照魔はかぶりを振る。

『いいや全然違う……エルヴィナじゃない。まず見た目が違う……きみは誰なんだ……？』

それは神域の動画配信者であるリィライザですら再現できなかった、ほんの僅かの違和感。

普通の人間では気づきようもないモデリングミス。

喩《たと》えるなら数百万画素の写真を二つ並べ、たった一ドット分の差異を見分けるようなものだ。


スクリーンに映る照魔を見て、リィライザは目を丸くして絶句していた。

逆にエルヴィナの口許はわかりやすく緩んでいき、

「まいったわね、いつもそんなに見つめられていたなんて……。神ですら見分けがつかないほどの些細《ささい》な違いも見破れるぐらい、情熱的に凝視されていたなんて……まいったわね……」

ちっともまいっていない棒読みで、宇宙空間から地上並の高度差でマウントを取っていく。

リィライザにとってこれほどの屈辱はなかった。

女神に恋し、頭が女神になってしまった少年・創条《そうじょう》照魔だからこそ、夢の世界のエルヴィナが何か違うと察したのだ。

だがこの程度の配信トラブル、VTUIER《ブイチユーイヤ》にとっては日常茶飯事。

トラブルという天敵を即座に撃破しリカバリーする手腕も、配信者には求められるのだ。

「もっともーっと楽しい素材《こと》たくさん配置して、余計なこと考えられないようにしてあげるよっ！」

リィライザはむきになり、照魔の世界にさらなる幸せという名の素材を投入。照魔の記憶に作用し、新たな映像を形成していく。

そしてそれが、幸せな夢に決定的な破滅を招いた。

○　●

校舎の屋上を後にした照魔は、燐《りん》の運転するリムジンに乗って下校した。

「エルヴィナ、さっきはごめん。俺、変なこと言っちゃって……」

照魔は車中で、先ほど日課のキスを目前にしてエルヴィナ突き放し、うわごとのように彼女の存在を疑ってしまったことをしきりに謝る。

「いいわよ、別に。キスはいつでもできるわ……今すぐにでも」

無垢《むく》に誘惑するように、照魔《しょうま》に流し目を送ってくるエルヴィナ。

だが照魔は、先ほど屋上で湧いた妙な違和感を拭えていない。

まるで、空から降って来た何かに無理に心に蓋をされたような……そんな奇妙な感覚に今も襲われている。

そんな憂いを払拭するように。別邸に着いてリムジンを下りた照魔を、温かな声が迎えた。

「やあ照魔さん。今、学校の帰りなんだね」

「お帰り照魔！」

玄関の扉の前で、ちょうど今し方やって来たらしき両親が手を振ってきた。

「あっ……ただいま……父上、母上！」

照魔も元気よく応える。小学生の頃は滅多に会えなかった両親だが、今はこの創条《そうじょう》家の別邸に足を運んでくれる頻度が増えた。

「あの、母上、会社のことなんだけど……」

「我が家で仕事の話はナシさね！　それより今度、家族みんなでレジャーランドに行こうじゃないか。もちろん、エルヴィナちゃんも一緒にね！」

「ありがとう、猶夏《なおか》」

エルヴィナも嬉しそうに笑い、一足先に屋敷へと入って行く両親を見送る。

そういえばエルヴィナは……いつ、自分の母と会ったのだろうか。

いや、こんな親しげに呼びかけるのだから、ずっと昔に挨拶を交わしたのだろう。

両親からも家族と認められているエルヴィナに、何の疑いがあろうか。

心にかかった靄《もや》のようなものを払拭し、照魔はエルヴィナと二人、屋敷の中へと入っていく。

あまりにも幸せすぎて、逆に不安になっているのかもしれない。享受していいのだ——これは、辛く苦しい戦いの日々の果てに勝ち取った幸せなのだから。

自分の心に納得をつけ、意気揚々と歩き出したが——


「——おかえりなさいませ、坊ちゃま」


懐かしい声が、照魔の足を止めた。

足だけではない……その瞬間、照魔の時間の全てが凍結した。

まるで光の中から歩みを進めてくるように、一人の女性が徐々に像を結んでいく。

不思議そうに横から覗き込んでくるエルヴィナを余所《よそ》に、照魔は吐息を震わせる。

「………そん、な……」

照魔が本当の家族、祖母のように大切に思っている女性。

創条家元メイド長・麻囲里茶《あさいりさ》が、凛《りん》とした佇《たたず》まいでエントランスに立っていた。

MYTH：7　戦騎の女神

エントランスで照魔《しょうま》を迎えた里茶《りさ》は、気品溢《あふ》れる微笑《ほほえ》みを捧げる。

あまりの驚きに全身を震わせ、思わずへたり込んでしまいそうになる照魔。

「どうなさいました、坊ちゃま。顔色が少し悪いですよ？」

里茶は微笑を湛《たた》えながら歩みを進めてくる。

彼女の足音が、自分の鼓動と重なって照魔の全身に響きわたるようだった。

そうか。今、幸せなのだから……麻囲《あさい》里茶が目の前にいるのは当たり前ではないか。

子供の頃からずっとそうだった。学校。塾。習い事――それらを終えてへとへとになって帰ってきた照魔を屋敷のエントランスで迎え、里茶は厳格な声でこう言うのだ。

『しゃんとなさってください。さあ、今日のお勉強はまだまだ残っていますからね』

「頑張りすぎてはいけませんと、いつも言っていますでしょう？」

え、とか細い声でこぼし、里茶を見つめ返す照魔。

思い出の中の里茶の声と目の前にいる里茶の声が、まるで左右の耳から別々の音楽を聴くようにぶれた。もちろん、そんなことは当たり前のはずなのに……。

全身に響いていた鼓動はさらに速度を増し、いつしか周りの全ての音を呑《の》み込んでいった。

もはや警鐘に等しい不快な音と化して。

「お疲れのようですから、今日は勉強は大丈夫。ゆっくりお休みになってくださいね」

笑顔の里茶にさらに優しい言葉をかけられ、照魔もつられて笑う。

「────駄目だ」

そして、力無く肩を落とした。

まばゆい恒星がその生命を終わらせる時に一気に膨らみ、あとは破裂するばかりのように。

歓喜という名の輝きは、一瞬だけ膨れ上がり、そしてただ静かに消え去った。

もう、周囲の全てを直視できないと言わんばかりに。弱々しくかぶりを振る照魔。

「どうしたの、照魔……？」

「坊ちゃま、いかがなさいました？」

エルヴィナと里茶に同時に心配され、照魔は掠《かす》れた声で吐露する。

「……ばあちゃんは、俺が頑張ってるかどうかなんて一目でわかっちゃうんだ。俺が頑張っていない時に、頑張りすぎたらいけない、なんて……言うはずないんだよ」

目の前にいるエルヴィナにでもない、里茶にでもない。強いて言うならば今いる世界そのものに向けて。

自分の不甲斐《ふがい》なさも相まって、照魔《しょうま》は吐き捨てるように乱暴に叫ぶ。

「雑なんだよ……何もかも雑なんだよ！　もっと上手く騙《だま》してくれていたら……！　俺は、目覚めることはできなかったかもしれないのにっ!!」

あまりにも精巧な世界を、粗雑だと揶揄《やゆ》しながら。

照魔とて、自分をそこまで聖人君子だと信用しているわけではない。

エルヴィナの違和感に気づいたとしても。もしどこかで「これは夢だ」と悟ったとしても、それがあまりに甘美で優しいものであれば、そのまま享受してしまっていたかもしれない。

だが、これだけは許すことができない。

世界に平和を取り戻すこと。

エルヴィナと普通の男女のように交際すること。

それはこれからの努力次第で、十分に実現できるはずの夢だ。

けれど照魔がどれだけ成長しても、たった一つだけ叶えられないことがある。

それは大切な家族の一人と、また一緒に暮らすことだ。

女神会社デュアルライブスで働き始めてからも、廊下の曲がり角から里茶《りさ》がふと姿を現すのではないかと何度となく思った。

会社ビル内に里茶の私物を集めて作った私室のドアを開ければ、そこにいる彼女が「業務中に何を遊んでいるのです」と小言を言ってくれることを何度も願った。

けれどそれが叶わないことを知っているから――照魔は歯を食いしばって、前に進むことができたのだ。

麻囲《あさい》里茶との思い出を汚すことだけは――夢であろうとも許せない。

世界に決定的な齟齬《そご》を見つけてしまえば、後は小さな綻びがいくつも思い当たる。

照魔は、今朝の通学中にエクス鳥《とり》が受付嬢『など』と言っていたことも思い出した。

「エクス鳥さんもそうだ……。エクス鳥さんは今の自分の仕事に……会社の顔である受付嬢に、誇りを持ってくれていた！　役職を貶《おとし》めることなんて、絶対に言わない!!」

『馬鹿な……あんな、筆圧検知もできねえペンを口に咥《くわ》えて描いたイラストみてえな姿になった天界の門番に、そこまでの篤《あつ》い信頼を!?』

照魔の叫びは、スクリーンの向こうで見つめているリィライザを驚愕《きょうがく》させ、

『……何を言ってるかよくわからないけれど、照魔は妙にエクストリーム＝メサイアに懐いているのよ……甘く見たわね。それと――』

そしてその映像は、エルヴィナの逆鱗《げきりん》をさらに一撫《な》でした。

『うあっ……てめえ、どこにこんな力が残ってて っ……!!』

『よくも私に気安く里茶《りさ》の姿を見せたわね、リィライザ――ッ!!』

夢が綻び始めた影響か、この場にいないはずのリィライザとエルヴィナの声が照魔《しょうま》にも聞こえる。二人が戦っている音が空気を震わせるようだ。

そうなるといよいよ目の前のエルヴィナの存在が、虚構として認識され始める。

「照魔、余計なことを考えないで。ここにはあなたが望んでいる全てがあるのよ?」

声にやや焦りをにじませながら、エルヴィナが駆け寄ってきた。

「私を見て。私はあなたの初恋の女神、エルヴィナよ」

照魔は再びかぶりを振る。エルヴィナが初恋の女神かどうか――それもまだ、わからないことだ。何の根拠もなくそれを確定してしまうのは妥協に過ぎず……照魔の思い出にも、エルヴィナにも嘘をつくことになる。

エルヴィナは照魔の胸に縋《すが》りつき、その美しき双眸《そうぼう》をとろけさせながら見つめてくる。

「あなたのしたいこと、望むこと、何でもしてあげるわ。だから、ずっと一緒にいて……」

そして、蠱惑《こわく》的な声音で囁《ささや》きかけてきた。

抗いがたい温もりが、照魔の全身を包む。

「……ありがとう。だったら――」

照魔は肩を震わせながら、小さく首肯《しゅこう》した。

「──俺と一緒に戦ってくれ」

そして目の前にいる偽りの女神ではなく──世界を隔てて別たれた半身に向け、心からの望みを託した。

照魔は高々と右手を掲げ、修行の成果を発揮し──あらん限りの声で、その名を喚《よ》んだ。

「ディーアムドッ！　オーバージェネシス!!」

屋敷のエントランスの大天井のさらに遥《はる》か彼方、天空から召喚されるようにして飛来した白き聖剣を、力強く握り締める照魔。

「駄目よ照魔、あなたはもうそれを手にする必要はないの!!」

エルヴィナはなおも強く縋り付き、照魔の制服のブレザーの裾を必死で摑《つか》む。照魔もエルヴィナも現在《いま》のままの生活を続けていたら絶対に着ることができない、未来《ゆめ》の中にしかあり得ない平和の産物を。

エルヴィナの手を優しく振り払い、一歩進み出た照魔。その視界に、そんな自分とエルヴィナのやりとりを見て寂しそうに佇《たたず》んでいる里茶が映った。

聖剣を握り締めた右手が力無く揺れ……

「……こんな目に遭っても俺、感謝しちゃってるんだ……」

その震えは、照魔《しょうま》の声にも伝播していった。背が伸びるのと一緒に低く変わった声に、小学生の頃の照魔の声がぶれて重なっていく。

「夢でも幻でも……もう一度ばあちゃんに逢《あ》えて、ほっとした──」

里茶《りさ》はきっと唇を引き結ぶと、照魔を前にまなじりを決した。

「それは結構です。ならば、今からちゃんとお仕事をなさってください。照魔坊ちゃまは、神《かみ》樹都《きど》を背負って立つお方なのですからね」

ああ──これが、大好きな祖母の本当の言葉だ。

厳しくも優しいその声が、あまりにも懐かしくて……照魔は、思わずしゃくり上げそうになった。

けれど、里茶の前で絶対に涙だけは流せない。

この人は自分が叱られて泣くと、いつも本当に悲しそうにしていた。厳しい教育係になりきれない人だったから……。

「うん。ありがとう、ばあちゃん。…………またね……」

「────またね、照魔ちゃん……」

麻囲《あさい》里茶は、嫋《たお》やかな微笑《ほほえ》みを浮かべながら、一足先に光の中に消えていった。

夢でも幻でも、成長した照魔の姿をその目に焼き付けて──。

照魔はオーバージェネシスを両手で握り、力強く構える。

里茶の叱咤《しった》どおり、ちゃんと自分の仕事をするために。

その刃を振るう敵は目の前にいない。聖剣の切っ先は、世界そのもの——偽りの幸せへと静かに照準された。

照魔の後ろに立つエルヴィナが、寂寞《せきばく》を湛《たた》えた目を伏せる。

彼女の目の前でオーバージェネシスは開き、拡がり、伸び——厳かな刀身が、その中に秘められていた光り輝く回路のような核を剝《む》き出しにして、第三神化《フェイズスリー》へと進化した。

『上上上出来よ……照魔っ……！　本当に——!!』

そして現実のエルヴィナも時同じくして、ルシハーデスを眼前のリィライザへと向けて構えていた。

銃身の上部と側部とでL字に結合したルシハーデスは、開き、拡がり、伸び——闇色に輝く銃身が、光り輝く回路のような核を剝き出しにしながら何倍にも伸長。第三神化《フェイズスリー》への変形を遂げた。

『何なの、どっちも……急にっ……!!』

リィライザは困惑しながらブレイバーマギアをかざし、目の前に一時停止アイコン型の巨大な防御壁を展開する。

その傍《かたわ》らのスクリーンで、照魔が構える聖剣はかつてない光の奔流《ほんりゅう》を湛《たた》えていた。

「誰かの創った偽りの世界で、幸せを享受するなんてできない！　俺は誓ったから――!!」

『私が望む世界を創れるのは、私だけよ。だから私は誓った――!!』

現実と虚構、隔たれた二つの世界で、生命を共有した二人の声が重なり合っていく。

「力を解放しろ！　オーバージェネシス!!」

『輝きを示しなさい、ルシハーデス!!』

「俺は……」

『私は……』

照魔《しょうま》が世界そのものに向け、オーバージェネシスを大上段に振りかぶると同時。

エルヴィナは、巨大な狙撃銃の銃口をリィライザへと定めた。


『「二人で創造神になる!!」』


蒼《あお》き斬光と、紅き極光。現実と虚構で、信念の光が閃《ひらめ》く。

リィライザは展開した防御壁に力を込め、エルヴィナの銃撃を懸命に食い止める。

その時、エルヴィナの横合いの空間をガラスのように砕いて、蒼の光が突き抜けて来た。

蒼の光は紅の光と合流して絡み合い、威力を倍加させて吼《ほ》え猛《たけ》った。

信念の合体技はすなわち、三枚の翼を二つ合わせた六枚翼《エクストリーム》の全力。

リィライザが展開した一時停止アイコン型の防壁は、その役目を果たせぬようにひび割れていき……ついに木っ端微塵《みじん》に砕け散る。

「わあああああああああああああああああああああっ‼」

リィライザはそのまま為《な》す術なく光の奔流《ほんりゅう》に呑《の》まれ、背後の太い木の幹にしたたか打ちつけられ、倒壊させ──それから何本も何本も、木を薙《な》ぎ倒しながら吹き飛んでいった。

○　●

砕けた空間の裂け目から、一つの影が躍り出る。

「エルヴィナッ！」

「照魔……！」

高校の制服も着ていなければ、背が伸びてもいない、いつもの社長小学生・創条《そうじょう》照魔。

彼は、煤《すす》や土で汚れた純白の女神装衣をまとう、いつもの戦女神・エルヴィナと邂逅《かいこう》した。

「よくやったわね。あなたは本当に強いわ……」

照魔の心の強さを讃えながら、今にも抱き締めんばかりの勢いで駆け寄るエルヴィナ。

しかし照魔の足が震えていることに気づき、そのまま両手で肩を力強く支えた。

少年は今にも泣き出しそうなほど悲痛な面持ちで、背を向けた幻影《しあわせ》から視線を切る。

「……あの夢の中にい続けたら……俺の今までと、俺の大切な人たちを否定することになるから……」

照魔《しょうま》の決断に、エルヴィナも苦い表情で頷《うなず》く。

遥《はる》か遠く吹き飛ばされたはずのリィライザは、息も絶え絶えによろめきながら二人の元へと歩み寄っていった。あと数歩まで近づいたところで、力尽きたようにへたり込む。

「翼が半減しただと？　とんでもねえ……二人揃《そろ》ったら並の六枚翼《エクストリーム》を上回る力だ……！　シェアメルトめ、さんざん手加減しただの友達割引しただの報告しやがって……普通に実力で圧倒されやがったなあいつ……!!」

どうやら照魔とエルヴィナとの戦いの後、シェアメルトはかなり自分に都合のいい報告を天界にしていたようだ。

ただ、シェアメルトは照魔とエルヴィナの実力を試そうとしていたフシもあり、最初から本気で殺す気でかかってこなかった点に関しては真実だ。彼女はそれを、本気で友達割引で手心を加えたなどと思っている可能性があるのが恐ろしいのだが……。

「リィライザ……あなたが女神力《めがみりょく》の大半を費やして形成していた讃美空間《リイフィールド》は照魔が破壊したわ。勝負あったわね」

力なく倒れ伏すリィライザの前に、照魔とエルヴィナが並び立つ。

事ここに及んでも、やはりエルヴィナにはリィライザの真意が読めなかった。

「……地道に人間界で勢力を拡大していたくせに、急に成果を焦ったわね。どうしてこんな真似を……」

リィライザは胸を押さえながら、掠《かす》れた声で悪態をつく。

「焦ってなんかいねぇよ……。むしろ十二分に機を待って行動したさ。五〇〇〇万の人間の心を取り込んだ讃美空間《リイフィールド》——これさえあれば、他の六枚翼《エクストリーム》の誰にも負けない力を得ることができるはずだった」

確かに、人間が急にやる気を失う奇病に見舞われた照魔たちの世界は、一時期大きな人口減に陥った。今の世界人口はおよそ三〇億人……登録者数五〇〇〇万以上という数値は、もはやＶＴＵＩＥＲ《ブイチューイヤ》としては世界トップクラスだ。

リィライザは急に成果を焦ったわけではなく、むしろ下準備をしっかりしていたと言えるが……。

「……それもてめぇが讃美空間《リイフィールド》を破壊してくれたおかげで、一気にパァになっちまったが——」

リィライザは照魔を憎々しげに睨《にら》みつける。

しかし視線で拒絶を訴えるのは照魔も同じだった。リィライザは、照魔にしてはいけないことをしたのだから。

「チャンネル登録者を、都合のいい虚構に閉じ込める【神略】……あなたが部下の女神と合わせて、『何が好きか教えろ』と聞いて回っていたことと関係があるの？」

投げやりに尻餅をついたまま立ち上がろうとせず、リィライザはエルヴィナの問いを舌打ちで遇した。

「いい加減で気づけよ脳筋……シェアメルトから話は聞いてんだろうが」

照魔《しょうま》は、シェアメルトとの戦いの折りに彼女が告げた人間界の真実を思い返した。

『この世界は明らかに、我ら女神に近しい存在……心の力を操る者の侵食を受けた形跡がある』

『それだけでは済まず、形ある災厄は自らの意志で人間の心を奪い始めた』

『急にやる気を失うという奇病がどうして起こったのか――それは人間の心が自分たちで制御できないほど肥大し、溢《あふ》れ……実体を持った災厄として顕現したからだ』

誰に言われるまでもなく照魔なりにずっと真相を探求してきた、その謎めいた言葉たちを。

「……肥大した心……それが人間の『好き』って気持ちだっていうのか……？」

照魔の答えに気を良くしたリィライザが、口滑りをよくしていく。

「そうだ。全部てめえら人間のせいだ。自業自得なんだよ。てめえらでてめえらを食い滅ぼす獣を創りあげやがったんだからなあ……!!」

獣……シェアメルトが言っていた、実体を持った災厄……？

二人の女神の言葉が合わさり、おぼろげだった真実が像を結び始めていた。

「天界が衰退した原因が、やっとわかってきたってわけだ。人間の神への崇拝が薄れた……それだけが原因じゃねえ。お前たち人間は、神も想像だにしない進化を遂げてしまった」

「進化……？」

自らの神起源《アライブ》と同じ〝進化〟と言われれば、エルヴィナも聞き捨てがならない。眉根を顰《ひそ》めてリィライザを睨《にら》み付けた。

その想像だにしない進化とは――。

リィライザは不敵に笑って吐露する。

「性癖だ」

「…………………………せい、へき……？」

にわかに意味を嚙《か》み砕けず、困惑する照魔。

「趣味嗜好《しこう》とお上品に言った方がいいか？　人間の業であり罪……もっとストレートに言えば『属性』だよ。それが、全ての歯車を狂わせた」

業……罪。それを属性と呼ぶ。

人が何かを好きになるということは、神にとっての原罪だとでも言うつもりなのか。

「そんなもんから生まれたと聞きゃあ、愉快なマスコットを想像するかもしれねえが……とんでもねえ。人間の心から生まれた獣は、人間だけじゃねえ……女神の天敵だよ」

「待ってくれ……この人間界は過去、そんな怪物に侵略された形跡なんて無いんだぞ!?」

照魔《しょうま》の一番の疑問はそこだ。世界が衰退した原因を説明されても、肝心の侵略の痕跡がない。

むしろ照魔にとっては、その心の怪物とやらの方が神や女神よりよほど荒唐無稽《こうとうむけい》な存在だ。

「だろうな……リィの結論はこうだ。人間の心から……『属性』から生まれた獣は知性がある上に、組織だって行動してやがる。それも、女神の存在を知っているやつが指揮をしてな」

そうでもなければ、数多《あまた》の人間界から人間の心が奪われるまで、天界がその存在に気づかなかったはずがない。獣たちは、女神を煙に巻く術《すべ》を知っているのだ。

リィライザはさらに、乾いた嘲笑《ちょうしょう》とともに続ける。

「リィの配信で『好きなもの』を聞いてる時……お前らコメント欄にちゃんと注目したか？ 特定の服装が好きなやつ……体型が好きなやつ……性格、立場……多種多様だったよ。この世界の人間はまた少しずつそれぞれの『好き』を持ち始めてるってわけだ……」

かつて心の輝きを奪われたこの世界の人間たちは、ELEM《エレム》のおかげで少しずつ多様性を取り戻し始めている。――それが再び、心の獣を呼び寄せることになるとも知らずに。

「笑わせるだろ。神に心を投げ銭するために生まれてきた人間風情《ふぜい》が、今や存在するだけで神も自分たちをも脅かしてやがるんだからな」

ヒトは知恵の実を食べ、楽園を追放された。

その知恵がヒトを繁栄させ、文明を構築し、心に多様性をもたらしていった。

やがてヒトは——性癖を獲得した。

そして追放された楽園を、自らの手で地上に創り上げたのだ。

女神であるリィライザは、それがたまらなく許せないと、満身創痍《まんしんそうい》の身体《からだ》で拳を震わせる。

そして地のキャラに戻ると、決意を湛《たた》えた瞳でエルヴィナを睨《にら》みつけた。

「趣味嗜好《しこう》……性癖……心の多様性……そんなのぜーんぶいらないぃ！　人間は女神だけを……リィだけをずーっと好きでいればそれでいいの!!」

リィライザの覚悟を看破したエルヴィナが、語調を強めて忠告する。

「——やめておきなさい。最かわにこだわっているあなたは、ディーギアスになるなんて耐えられないはずよ」

ディーギアスは女神本来の美しさとはかけ離れた魔獣。リィライザの並外れた美意識で耐えられるはずがない、と。

しかしリィライザは、いやいやをするように激しくかぶりを振った。

「世の中には二種類の生命体しかぃないの……再生数のためなら何でもする配信者と、何でもはしない配信者だょ！　リィはもちろん、何でもするんだからっ!!」

リィライザの美意識は何も、外面だけではない。勝利という名の栄光も、彼女にとっては何に代えてでも守るべききゃわわだった。

「それじゃ世の中が配信者しかいないことになるぞ……」

照魔《しょうま》の隕石ストレートなツッコミには耳も貸さず、リィライザは両腕で身体《からだ》をかき抱き、内なる力を解放するように腕を大きく振り切る。

六枚の翼が宙に暴れ、目に見えない何かに引き千切られるようにして根元から抜け落ちた。

地面に力無く落ちた六枚の翼が、光の輪となってリィライザを包み込む。

空間がピクセル状に綻び、幾何学模様を描きながら周囲を妖しく照らす。

立ち昇った無数の光条が人ならざる人体《ヒト》の輪郭を描き、それは巨木の高さを抜き去って巨大化していった。

その威容はさながら、麗しく銀河の星々を翔ける牡羊《おひつじ》。

照魔は誰知らず呟《つぶや》いていた。

「牡羊……。ディーギアス＝エアリズ……」

常に優雅で穏やかだった牡羊が、唐突に敵意を剝《む》き出しにしてきた戦慄《せんりつ》に似る。

巨大な両腕に比べて脚は細く、棒のように細い胴体に比して異常に発達した両耳が存在を主張している。全身の全てがアンバランスであり、不気味な調和を成立させている。

この世ならざる歪《いびつ》なフォルムは、もはや悪魔すら連想させるほどだった。

〈潰れろおおおおおおおおっ!!〉

巨大な右腕を振り上げ、渾身《こんしん》の力で振り下ろすエアリズ。

轟音《ごうおん》が響きわたって周囲の木々が潰れ、大地が爆裂。照魔とエルヴィナは、土砂とともに空高く打ち上げられてしまった。

「照魔！」

「ああ!!」

照魔とエルヴィナは空中で手を差し出し合い、互いを手繰り寄せて力強く指を絡める。

嵐のように吹き荒《すさ》ぶ土砂ですら、人間《ひと》と女神《かみ》の逢瀬《おうせ》を止めることはできない。

それぞれ金色の右目を見つめ合い、二人の肉体が金色の光の中に吸い込まれていく。

立ち昇った光が天に拡がり、徐々に巨大なシルエットに凝縮されていった。

作られた幻想を超えた、光輝く世界の守護者。

黒鉄の巨神・ディーギアス＝ヴァルゴが天空に現界し、落下しざまにエアリズへと飛び蹴りを浴びせかけた。

〈ぎぅっ……！〉

自らの攻撃で生み出したクレーターの中心に、自ら倒れ込んでいくエアリズ。

負けじと立ち上がり、両腕を豪快に振り回した。

羊の角のように屈曲した鍵爪状の両手は、発光しながら伸長。ムチのようにしなり、ヴァルゴの身体を打ち据えていった。

〈くおっ!!〉

肉を切らせて骨を断つ。照魔《しょうま》は肩を打たれた瞬間にムチの先端を掴《つか》み取り、両腕で思い切り引き寄せた。

ヴァルゴの渾身《こんしん》の蹴りが、カウンター気味にエアリズに炸裂《さくれつ》する。

やはりリィライザは、直接の近接戦闘においては六枚翼《エクストリーム》の中でも一歩譲る。

このまま格闘で押し切ろうと、ヴァルゴが深く一歩を踏み込んだ瞬間。

エアリズは、幽鬼のような不気味な挙動で左腕を前に差し出した。

鍵爪の穴に、光の球体が填《は》め込まれている。

その球体に見覚えのあるエルヴィナは戦慄《せんりつ》し、遅れて照魔も驚愕《きょうがく》した。

球体の中には——詩亜《しあ》と、そして燐《りん》までもが取り込まれていた。

たまらず叫んで呼びかける照魔。

〈詩亜！　燐っ!!〉

『照魔さまっ！』

エルヴィナにリィライザとの接触を黙っていたことを詫《わ》びようとしたところ、口を塞ぐように遠くへ飛ばされ……また急にエルヴィナたちの傍に引き戻されたかと思えば、さらにディーギアス同士の戦いの渦中に巻き込まれてしまったのだ。

詩亜が今にも泣きそうな顔で怯《おび》えているのも無理はない。

『……ここは……僕は一体……⁉』

さすがの燐も、状況を即座には理解できていない。

照魔が讃美空間《リイフィールド》を破壊したことで解放された彼までもが、エアリズの手に落ちてしまったのだ。エアリズのあまりにも迷いのない卑怯《ひきょう》な行動に、初動が遅れてしまった。

〈ディーギアスに変身して、即座に人質を……⁉　とんだ最かわね〉

エルヴィナが呆《あき》れるように吐き捨て、照魔も声を戸惑わせる。

〈詩亜と燐が邪悪女神《ゾディアクス》に捕まってしまうなんて……！　まずいぞ‼〉

リィライザが選択したのは――天上の存在である神にとって、もっとも忌むべき卑賤《ひせん》な手段の一つだった。

〈ディーギアスになったからにはどんな卑怯《バカ》やってでも勝つ……コメント欄でどんな指示しようが聞きやしねえぞ〉

リィライザには彼女なりの高い自負心があった。照魔たちは動画を観ていてそれをまざまざと感じていた。

女神ともあろう超越存在が、よもや人間を盾にしてまで戦いを優位に進めようなどと――にわかには信じられない。

今の彼女はそこまで追いつめられてしまったと結論づけ、ヴァルゴは二挺《ちょう》のルシハーデスを手にし、銃口を向けた。

エアリズが左腕を胸に挙げ、鍵爪の穴に塡《は》め込んだ球体型の力場をこれ見よがしにかざす。

黒き魔銃の火線上に晒《さら》される、燐《りん》と詩亜《しあ》。

エルヴィナは努めて感情を殺した声で、リィライザに警告した。

〈無駄よ……もし社員の誰かが敵性女神の人質になっても、見捨てて敵を倒す……それが女神会社デュアルライブスのルールよ〉

労基が装甲車で会社ビルに突撃してきそうな社訓が、社長の知らぬ間に掲示される。

照魔《しょうま》はヴァルゴの肩をビクリと震わせたものの、血相を変えて制止することはなかった。

ブラフであろうと信じて、エルヴィナの駆け引きに任せる。

生身での戦いならともかく、ディーギアス同士の戦いでは身動《みじろ》ぎの一つでも人質を危険に晒してしまう。言葉で状況を打開できるなら、それに越したことはない。

〈さすがデュアルライブス、大した愛社精神だ……。会社《ハコ》に属してねえ個人事業主のリィには理解できねえ世界だなあ?〉

もちろんエアリズも、エルヴィナの啖呵《たんか》が本心だなどとは思っていない。

初めてリィライザに接触された時、詩亜も今のエルヴィナと同じようなハッタリをかました。リィライザは「だろうな」と納得してみせていたが……ブラフにブラフで返しただけのことだったのだ。

無貌のエアリズの頭部から、リィライザの勝ち誇ったような含み笑いが漏れ出た。

〈坊主……よくもリィの夢をブッ壊してくれたな。そんなに幸せな夢を拒むなら、苦しくて苦しくて仕方ねえ現実ってもんを味わわせてやるよ!!〉

エアリズの全身から、夥《おびただ》しいまでの女神力《めがみりょく》が立ち昇っていく。

人質を取ったのは盾にするためだけではなく、女神力《めがみりょく》を極限まで溜める時間稼ぎの目的もあったのだ。

ヴァルゴに勝機があるとすれば、人質が人質として機能する前に速攻でカタをつけるより他になかった。

足が大地を踏みしめる感覚が唐突に失われ、照魔はヴァルゴを通じて落下の感覚を味わった。

〈またこれか……！〉

既視感のある能力。おそらくは以前同じように平衡感覚に干渉してきたディーギアス＝ピクシスも、リィライザの薫陶《くんとう》を受けた部下だったのだろう。

しかし、エアリズの空間干渉能力は次元が違った。

鉤爪状の両腕を水平に構え、鍵爪の穴、そして全身の各所に埋め込まれたレンズ状のパーツから光が放射され、ヴァルゴを取り巻く空間を侵食していく。

〈惨美《さんび》――エイドライズマギア〉

必殺の技と呼べるほどの気概も気迫もなく。エアリズが淡々と紡いだその言葉は——しかし、周囲の全てを創り変えた。

草木が、土が、空気が、分子が……いや原子そのものが、リィライザに屈伏し、讃美し、彼女が望むがままに己の姿を変えていく。

幻覚などという生易しいものではない。現実の全てが変異し、ヴァルゴへと牙を剝《む》く。

落下の感覚の只中で、ヴァルゴは凄《すさ》まじい熱波に襲われた。

照魔《しょうま》が下を向くと、そこは火口。落ちていく先には、赤々と燃え滾《たぎ》る灼熱の液体が待ち構えていた。

〈マグマだとっ!?〉

為《な》す術なく火中に没していくヴァルゴ。

〈うわああああああああああああああああああっ!!〉

〈————ッ……!!〉

苦悶《くもん》の声を上げる照魔と、必死に苦痛を嚙《か》み殺すエルヴィナ。

痛みを等分して受けているはずなのに、いつもエルヴィナよりも声を上げてしまう自分が許せなくて、次こそどんなに痛くても我慢してみせると決意してきた。

しかしそんな小学生特有の意地を容易《たやす》く粉砕して余りあるほどに、熱傷がもたらす激痛は破滅的だった。

普通の人間ならば、マグマに身を浸からせる前に熱で蒸発している。

普通のマグマならば、ヴァルゴは耐えられる。

このマグマは、もしもの技だ。もしも人間がマグマに落ちて、死なずに痛みだけを味わい続けたら――そんなＩＦの激痛をディーギアスに味わわせるためだけの、幻影のマグマだ。

これは幻覚だ、感覚に干渉しているだけだ、とどれだけ強く念じようと、五体にまとわりつくマグマは容赦無く二人に激痛を叩きつけてくる。

〈お、おおおおおおおおおおっ!!〉

照魔はヴァルゴの背中のリングを発光させ、ブースターのようにエネルギーを噴射。

マグマを脱し、火口を飛び出して岩の斜面を転がった。

キャンサーとの戦いでは地上の全てを融解させる彼女の必殺技を浴び、全身に硫酸でもかけられたかのような激痛を味わったが……今回は痛みの程度だけで言えば、それに匹敵する。

人智を絶した熱さは、皮膚どころか骨の髄まで焼け爛《ただ》れたに等しい痛みを照魔とエルヴィナにもたらしていた。あらゆる生命体の足を止める……神ですら心が折れる痛みだ。

ヴァルゴの頭部の光の角――ディーギアスの残存エネルギーを示すエナジー・リングが一角、力なく消滅する。

人質を取ってヴァルゴの速攻を阻止し、この技を発動した時点でエアリズの勝利はほぼ確定した。

余裕とともに口調も戻ったリィライザは、声の媚《こ》びをマックスに高めて煽《あお》ってくる。

〈わー、すごぃ！　人間があの痛み我慢しちゃうんだ！　男の子だね!!〉

ディーギアスは、変身者と身体感覚を完全に同期させる。無論、痛覚も。

生身を晒《さら》して戦っているに等しいディーギアスでは、痛みとの戦いこそ本領。

敵ではなく己の弱さと戦わなければ、勝利はあり得なかった。

〈我慢するさ……。俺たちの戦いは一度きり……負けたらそこまでだ。動画みたいに編集することなんてできないんだよ!!〉

己を鼓舞するように気を吐く照魔《しょうま》。

〈えへへ～、その我慢がどこまで続くかなぁ？　エイドライズマギアは、一撃必殺の技じゃない……リィの下僕になるか、死か――どちらかを選ぶまで発動し続けるんだょ〉

媚び媚びの声で、戦慄《せんりつ》すべき恐ろしい事実を告げるリィライザ。

彼女の言うとおり、エイドライズマギアは未だに効力を継続している。

続いて地上の只中で激しい稲妻が迸《ほとばし》り、ヴァルゴの全身を貫いた。

〈うわあああっ!!〉

先ほどの痛みも冷めやらぬままに激痛を加積され、照魔が苦悶《くもん》する。

〈そして一度その身に受けたら、どちらかを選ぶまで決して消えることはなぃからね？〉

服従か、死か。

すなわち高評価か、低評価か――？

地上を制した動画配信者が迫る、恐るべき二択。

相手の心が折れるまで続く拷問技……女神らしからぬ残酷な奥義《おうぎ》だった。


それから何度、耐えがたき痛みの攻撃を受けただろうか。

エアリズの『魔法』は何度、その形を次なる拷問へと変容させただろうか。

〈うあああああああああああっ!!〉

〈くうぅっ……!!〉

照魔とエルヴィナの苦悶の声が重なり、ヴァルゴのエナジー・リングがさらにもう一角消失した。

照魔たちは攻撃に耐えながら詩亜《しあ》たちの救出のチャンスを窺《うかが》うが、エアリズもそうはさせじと人質を死守する。

今度は空気そのものが茨の触手となってヴァルゴの全身に絡みつき、締め上げると同時に無数の棘《とげ》を突き刺していく。触手が消える頃、ヴァルゴは力なく両膝をついた。

このままでは、本当にエイドライズマギアに嬲《なぶ》り殺しにされる。

エナジー・リングの最後の残り一角が、今にも消え去りそうに頼りなくぶれていた。

『……照魔、さま……』

自分たちが枷《かせ》となり、一撃ごとに死に近づいていくヴァルゴを目の当たりにした詩亜《しあ》は、悲愴な覚悟で球体の力場に両拳を叩きつけた。

『エルちゃんお願い！　詩亜のこと撃って!!』

その訴えが聞こえてか聞こえないでか、ヴァルゴは反応を示そうとしない。ただ一人声を上げたのは、詩亜の隣にいる青年だった。

『恵雲《えくも》くん！　それはいけない!!』

『ごめん燐《りん》くんも巻き込んじゃうかもだけど……』

戦いに関して素人の詩亜でもこれだけは断言できる。ヴァルゴは……照魔《しょうま》たちは、自分たちが人質になってさえいなければエアリズに勝てる。勝ってくれる。

燐の命運まで自分の発言で握ってしまうのは申し訳ないが、もはや自分たちを見捨ててもらう以外に手は残されていなかった。

『そうではなくて……！』

焦りを増す燐の声に重なるように、照魔の荒い吐息交じりの声が空に響く。

〈詩亜……もう少し社長のことを信じてくれよ。俺は……仕事はまだまだかもしれないけど……自分の会社の社員を信じる気持ちなら、世界中のどんな大社長にだって負けないぞ……〉

黒鉄の巨体をよろめかせながら、ヴァルゴは懸命に立ち上がった。

〈それに……女神のことに関してだって、世界の誰にも負けない自信があるんだ！　だから

俺たちは絶対に勝つ……二人とも、そこで待っていてくれ!!〉

その訓示をしかと聞き届け、燐は今一度詩亜に呼びかける。

『聞こえましたか、恵雲くん……あの頼もしい社長命令が……』

『聞こえた！　でも社員だって言う時は言わなきゃ……こうして待ってたって同じだよ！　照魔さまが負けたら、世界中の人たちごと詩亜たちも消えちゃうんだよ!?』

『いいえ全く違います!!』

激しい剣幕とともに燐に両肩を摑《つか》まれ、詩亜はびくりと身体《からだ》を震わせた。

『僕たちは生きなければならない！　恵雲くんは坊ちゃまにまた、戦いの中で家族を失う悲しみを味わわせるつもりなのですか!!』

常に沈着冷静、優雅で穏やかな燐が、初めて激情を迸《ほとばし》らせる。

身を切られるようなこの辛さに耐えること、そして照魔とエルヴィナを信じ抜くことが、自分たちにできる戦いなのだと。

詩亜は思わず涙を浮かべ、最期《さいご》まで笑顔だった恩師に思いを馳せた。

『でも……じゃあ、どうすればいいの！　このままじゃ照魔さ』

詩亜の悲痛な嘆きが、ぷっつりと途絶える。

二人の感情のぶつけ合いを心地よいＢＧＭとしていたエアリズは、はっとして左腕を見やった。

〈……何……!?〉

詩亜《しあ》と燐《りん》を閉じこめた球体型の力場が、忽然《こつぜん》と姿を消している。

慌てて周囲を見渡したエアリズの視線の先に――まるで初めからこの場にいたかのような当然さで、巨神がもう一体増えていた。


ディーギアス＝ヴァルゴと死闘を演じた、最強の神機の一角が。


その蟹型の巨神が誇る右のハサミの上に、女神力《めがみりよく》の力場の球体ごと詩亜と燐が確保されていた。周囲の空間もろとも奪取してのけた、〝融解〟のシェアメルトの真骨頂だ。

〈ディーギアス＝キャンサー………シェアメルト!?〉

照魔《しようま》の困惑に応えるように、キャンサーの双眸《そうぼう》が力強い輝きを灯した。

そして左のハサミに装備した彼女のディーアムド……空間を超越する刃・ラインバニッシュが再び閃《ひらめ》き、詩亜と燐を包んでいる力場の球体を空間の裂け目の中に差し込んだ。

〈心配するな、少年。君たちが元いた浜辺に転送《おく》り返しておいた〉

聞かれる前に詩亜と燐の行方を伝え、キャンサーはエアリズへと対峙《たいじ》した。

辛うじて起き上がったヴァルゴは、展開についていけずに二体のディーギアスへ交互に視線を送る。

だが、状況を理解できないのはエアリズとて同じだった。

〈何の真似ええええええええええええええええええっ!!〉

作ったキャラと素の境界が壊れるほど狼狽《ろうばい》し、絶叫するエアリズ。

〈フッ……そんなに叫んでどうした、リィライザ。私はエルヴィナとのリベンジマッチを餌《えさ》にお前に協力したのを忘れたわけではあるまい？〉

〈確かに、建前はそうだけど……だったらなおさら――〉

〈ところがだ。ようやくエルヴィナと再戦ができると喜び勇んでやって来てみれば、ただの人間が戦場をぷかぷかと漂っている。まったく、邪魔でかなわん!!〉

何のことはない、シェアメルトもエルヴィナとの戦いを望んでいるだけ。さしものリィライザも、天界一のストーカーの空気の読めなさを完全に見誤っていた。

〈……ならあなたは、今から二対一で、私たちと戦うわけね？〉

エルヴィナの声に、微かな憔悴《しょうすい》が交じる。

詩亜と燐を助けられたことは幸いだが、ここからヴァルゴはエアリズだけでなくキャンサーも相手にすることになってしまったのだ。

シェアメルトは刃物のような鋭い声音で、冷然と告げる。

〈その通り。我ら邪悪女神《ゾディアクス》はいずれ最後の一人になるまで戦い合う存在……同僚相手だろうが、楽に倒せる時に倒しておくに越したことはない〉

そしてその刃を向けたのは、その場の誰も予想し得ない相手だった。

〈────つまりここはエルヴィナと一緒にお前を倒す方が楽なようだな、リィライザ〉

恐るべきは天界最大のストーカー・シェアメルト。

全身が焼け爛《ただ》れ、エナジー・リングは二角まで消し飛んだヴァルゴの姿を見てもなお、エルヴィナたちの勝利を疑っていない。

〈どういう意味だ……百合営業のし過ぎで頭に花でも咲いたのか、てめえ!!〉

〈忠告したはずだな？　見解の相違というものは、友情にも愛情にも容易《たやす》くヒビを入れる……濃厚に煮詰まった私とお前の百合もあっさり醒める……!!〉

〈ビジネスだっつってんだろうがぁ!?〉

〈ならばこの話は終わりだ！　あとは戦場にディーギアスが三機いるだけ……ただ戦いの決着をつけるのみ!!〉

キャンサーはヴァルゴの横に並び、ハサミの腹でヴァルゴの脚を軽く叩く。

〈足を特にひどくやられているようだな、少年……では私に乗るがいい〉

困惑冷めやらぬ照魔《しょうま》に代わり、エルヴィナが問い質《ただ》す。

〈どういうつもり……!?　本当に私たちと一緒に戦うというの!?〉

加勢するというのは聞き間違いではなかったようだ。シェアメルトは声も軽やかにあっさりと言ってのける。

〈今だけ手を貸してやる……いわゆる百合営業だ、エルヴィナ〉

〈その使い方で本当に合っているの？〉

疑問は残るエルヴィナだったが、ヴァルゴは遠慮なくキャンサーの甲羅《こうら》に飛び乗った。

予期せぬ救援を受けたことで奮起し、ディーギアス＝ヴァルゴは最後の力を振り絞る。

聖剣を手に巨大な甲羅の装甲の上に着艦したその姿はまさに、重戦車を駆る騎士。

迎え撃つエアリズは両腕のムチを伸長させ、空気を破裂させながら振るってきた。

ヴァルゴの双眸《そうぼう》が発光し、破裂した空気の轟《とどろ》きをも先置いて光の線が宙に奔《はし》る。

〈……っ痛ええじゃねえかよおおおおおおおおおおおお‼〉

苦悶《くもん》の声を上げたのは、エアリズだった。

エアリズとすれ違いざま、第三神化《フェイズスリー》したオーバージェネシスがエアリズの左腕のムチを根元から斬裂していたのだ。

〈詩亜《しあ》と燐《りん》はもっと痛かったんだよ……身体《からだ》も！　心もっ‼〉

魔法の拷問に痛めつけられた自分たちより、それを為《な》す術なく見せつけられた詩亜たちの心の傷をこそ心配する照魔。

少年の誠実さを背中に感じ、キャンサーたるシェアメルトは呆《あき》れるように苦笑すると、

〈少年！　きみは対戦した女神の力を我がものとして扱うことができたはず……我がディーアムドを装備《つか》え!!〉

ヴァルゴはキャンサーとの戦いで、自分たちの得物のみならずかつて戦ったアロガディスの武装までも体得し逆襲を遂げた。

シェアメルトは、それを今一度見せてみろと発破《はっぱ》をかけているのだ。

〈わかった！　やってみる!!〉

〈あまりイメージはよくないけれど〉

愚痴をこぼしながらも、エルヴィナも照魔《しょうま》と想念を重ねる。

戦意が消えない限り、どれほど追いつめられようとどこまでも強くなり、戦いを制する。

戦いの化身・女神エルヴィナと、彼女と生命を共有した創条《そうじょう》照魔の神起源《アライブ》〝進化〟は、一二女神の切り札までもを両の腕に実体化させた。

左右の腕にそれぞれ光が凝縮していき、ハサミを二つに分割した形の刃を装備するヴァルゴ。獣の爪のように鋭く伸びた二本の刃・ラインバニッシュを擦《こす》り合わせ、エアリズへと構える。

〈……できたじゃないか。言っただろう少年、『私の大切なものをあげる』と！〉

元よりシェアメルトは、自分の恋人になったらラインバニッシュをあげると照魔に冗談めかして提案していた。それを独力で為《な》した照魔の潜在能力、エルヴィナの真価を目の当たりにし、歓喜と驚嘆が綯《な》い交《ま》ぜになった声を上げる。

〈そーゆう有り物でやりくりするの、カワイイが無さ過ぎてリィ嫌い!!〉

エアリズは残った右のムチで絡め持つようにして、ブレイバーマギアを装着。

マグマを、雷を、茨を――エイドライズマギアの拷問で繰り出した魔法の数々を、ヴァルゴへと直接発射していく。

〈可愛くはないだろうな……！　これは、『力を合わせる』ってことだ!!〉

勇ましく叫ぶ照魔に呼応し、ヴァルゴの背にあるリングが発光。そこから血液が全身に脈動していくように、光のラインが疾《はし》っていく。

ヴァルゴのバイザーの下の双眸《そうぼう》が闘志の輝きを放つと同時。下胸部の装甲が弾け、左右それぞれから、さらなる二本の腕が飛び出した。

上の二本の腕には分離した二刃のラインバニッシュ。さらに右手には、オーバージェネシスを握り締め。下の左右の腕には二挺《ちょう》のルシハーデスを装備したヴァルゴは、阿修羅のごとき進撃でエアリズの攻撃を打ち砕いていく。

大地が爆裂し、空が激震する巨神同士の戦いの中で、僅かずつ追いつめられていくのは、エアリズだった。

〈……シェアメルトォォォ……裏切り百合があ……！　てめえリィにチューまでしようとしたくせに、何でそいつらと力合わせてやがる!!〉

そのためか、先ほどとは真逆に百合への執着を口にするリィライザ。

〈あれは台本だろう！　私の恋愛相談コーナーの案を採用しなかったお前が言うな!!〉

〈小学生にストーキングしただけのことを恋愛経験ってイキってるてめえの恋愛相談コーナーなんざ、成立するはずがねえだろうがあああああっ!!〉

ちなみにシェアメルトのチューはもちろん台本ではない。本能《アドリブ》だ。

激情のままにブレイバーマギアをムチごと振るい、エアリズは刃状の衝撃波を放ってくる。得意のメルヘンな魔法をかなぐり捨て、直接的な殺傷攻撃に切り替えた。リィライザも必死だ。

ヴァルゴは連続してパンチを繰り出すように左右の腕の刃を振るい、エアリズの攻撃を切り裂く。

キャンサーもまた、オリジナルのラインバニッシュを装着した右のハサミでヴァルゴの取りこぼした衝撃波をことごとく斬り払い、猛然と突き進む。

死力を振り絞り激突する中、照魔《しょうま》の脳裏に浮かんだのは、楽しげに動画を配信するV《ブイ》TUIER《チューイヤ》・リィライザの姿だった。

〈人間界でのお前の人気は本物だった！　強引に心を奪おうとしなくたって、人々の崇拝を得ることはできる……それを他ならぬお前が証明したんじゃないか!!〉

どれほど戦いで卑劣な真似を重ねても、あの動画が多くの人々を魅了したことに変わりはない。女神の力を使わない、配信者個人の実力と魅力でだ。

だからこの局面においてなお、照魔は問い質《ただ》さずにはいられなかった。

何故こんな真似をして、人間の心を踏みにじろうとしたのかと。

それに対するリィライザの答えは、ひどく冷えきっていた。

〈一時の人気を得ることは簡単だ……だがそれを維持することが何よりも難しいんだ!!〉

エアリズは伐採されて浮き上がる木々をムチで払いながら、返答とともに攻撃を浴びせる。

〈女神として人間の崇拝を集め続けろなんてのはなあ、何千年何万年もの間トップアイドルであり続けなくちゃいけないのと同じなんだよ!!〉

悲痛な嘆きだった。可愛さの欠片《かけら》もない、切羽詰まった叫びだった。

普段は極限まで若ぶっているが、余裕が無くなってうっかり地を出してしまった、人生に疲れた妙齢のアイドルのような……虚飾をかなぐり捨てた迫真さがそこにはあった。

その嘆きは、戦士であると同時に社長である照魔の心に刺さる。

会社経営も同じことだ。順風満帆、黒字経営などというものが、永遠に続くはずもない。

リィライザの訴えは、アイドルの枠を超え、女神という種そのものの嘆きでもあった。

〈女神は初めから欠陥だらけのシステムに組み込まれちまったんだ！　天界がいずれ破綻することなんてわかりきってたことだ！　それを他ならぬリィたち女神が正して、何が悪い！　人間の心を一から一〇〇まで女神が管理するのが、一番うまくいく方法なんだよ!!〉

エイドライズマギアは今もなお発動し続け、周囲の物質を変異させて武器に代わり、ヴァルゴとキャンサーに攻撃を仕掛ける。エアリズの消えぬ嘆きを体現するかのように。

地面から無軌道に屹立《きつりつ》する巨大な棘《とげ》を、右に左に高速蛇行して回避していくキャンサー。

頼もしき戦車に騎乗するヴァルゴの双眸《そうぼう》が、照魔《しょうま》の昂《たかぶ》りに合わせて力強く発光する。

〈それならもうはっきり言ってやるよ！〉

照魔は信念を沸き立たせて叫ぶ。

〈余計なお世話だ、リィライザ！　俺たち人間の心は……好きなものは、それぞれが決めることだ！　たとえ神さまだって強制させるもんか!!〉

邪悪女神《ゾディアクス》は自分たちの御しやすいように心の多様化を抑えろ、と人間に強要する。しかしそれはもはやかつてのこの世界……侵略を受けてやる気を失った灰色の世界と何も変わらない。

神から見れば一瞬に等しい儚《はかな》き歴史の中で、人間が精一杯育んできた心の輝きを不要なものと断じた時点で……邪悪女神《ゾディアクス》も、人の心から生まれた怪物とやらも、等しく侵略者なのだ。

侵略には——心の強さを以て立ち向かうのが、人間だ。

まして大義の名の下に強行した卑劣な行いは、大抵がその大義そのものを無価値に貶《おとし》める。

仕方がない、自分は悪くないと心に逃げ場を作りながら人質を盾にした時点で、エアリズは心でヴァルゴに敗北していたのだ。

〈だったら照魔！　お前の好きなものは何だぁ！　それがいずれ、世界を滅ぼす怪物を生み出すぞ!!〉

リィライザの部下の女神たちにも、リィライザの動画でも、毎日問いかけられてきたことだ。

だが、一度として心から答えを返したことはなかった。

それは創条《そうじょう》照魔にとって生態そのものであり……街を歩いている人に向かって「貴方は生きていますか？」と尋ねるような間の抜けた質問だからだ。

〈俺は女神が好きだ！　大好きだって言ってんだろうがあああああああああああああああ!!〉

巨蟹と巨神がカタカタ震える。どうやらシェアメルトとエルヴィナが揉《も》めているようだ。

〈む、どうするエルヴィナ……私たちは熱き告白を受けてしまったようだぞ〉

〈あなたには針の先ほどの矢印《ベクトル》すら向いていないわ。あの言葉は全て、私に向けられたものよ〉

取り残された照魔は、ヴァルゴとの感覚共有でひたすら揺れを味わう。

一瞬呆然《ぼうぜん》としたエアリズは、自らを嘲《あざけ》り笑いながら、右腕に装備したブレイバーマギアを振り下ろす。

〈……遅えんだよ……そう言ってくれる人間が全然いなくなっちまったから……何もかもおかしくなっちまったんじゃねえかああああああああ!!〉

周囲の空間がねじれて巨大なドリル状に圧縮され、ヴァルゴ目掛けて飛翔《ひしょう》した。

エイドライズマギアは空間そのものに干渉する能力……こちらからまともに攻撃しては文

字通り空《くう》を切るだけだ。

だがヴァルゴの両腕には、それに抗する力がある。

そして照魔《しょうま》とエルヴィナの胸には、その力を振るうための信念がある。

何もかもおかしくなってしまったのなら——自分たちがそれを正す。

〈次の女神は——俺たちだっ!!〉

キャンサーからヴァルゴへと女神力《めがみりょく》が流れ込み——照魔は咆哮《ほうこう》とともに空間を絶ち斬る刃・ラインバニッシュと、オーバージェネシスに同時に力を込め、三本の刃を一挙に振り抜く。

〈《超神断！　バーニシングジェネブレイダ——————ッ!!〉》
斬閃《ざんせん》は空間を呑《の》み込み、人間の心の強さを証明する一筋の輝きとなって飛翔《ひしょう》した。
空間を超越する斬閃が、エイドライズマギアを斬り裂いてエアリズに直撃する。
プリズム状に輝いて空間がねじれ、連鎖爆発を起こしていく。
〈ぐわあああああああああああああああああああっ!!〉
キャラ作りではない心からの苦悶《くもん》の叫びを上げ、大爆発を巻き起こすエアリズ。
〈えっ〉
一拍遅れて、シェアメルトの気の抜けた声が響いた。

〈合体技をするならすると言え……私も合わせたかったぞ……〉

〈事前に示し合わせなければ声が揃《そろ》わないようじゃ、ずっとできないわよ〉

重みのあるエルヴィナの言葉に、キャンサーはしょんぼりと項垂《うなだ》れるのだった。

○●

ディーギアス化を解除し、エルヴィナとともに地面にへたり込む照魔。

森林区の一角がかなり荒れてしまった。無事に残っている木を見つける方が難しく、大きな木が数本そびえたままなのが見える程度だ。

照魔たちの前で、同じく女神の姿に戻ったリィライザが地面に大の字になって倒れている。

「負けた……エルちに……照魔くんの二人に……悔しいよぅ……」

死力を尽くした戦いに敗れ、その天界最強の萌え声は悔しさに震えている。

シェアメルトが無言で自身を指差しているが、リィライザの視界には入っていない。

「そうだ、リィライザ……俺たちの勝ちだ。【神略】を解いて、チャンネル登録者のみんなを夢の世界から解放しろ」

照魔が強い口調でそう言うと、リィライザはむう、と頬《ほお》を膨らませた。

「だから照魔くんが讃美空間《リィフィールド》壊した時に、他のも全部まとめて消えちゃったんだってば。めっちゃデリケートな術なんだょ……あれやんないで、先にきみらとガチで戦《や》ってれば……」

その先を言わず、嘆息で誤魔化すリィライザ。言い訳は可愛くない。

リィライザは倒れたまま、意味ありげな視線を照魔《しょうま》へと送った。

「もう、ぜーんぜん力残ってないもーん。……リィのこと好きにしなよ、照魔くん」

照魔が何か反応する前に、シェアメルトが後からずい、と身を割り込ませてくる。

「おっ、今の言い方なんかちょっとエッチだぞ、リィライザ。お前私に言っていたもんな、Vの者は徹底してカマトトぶるよりもちょっとエッチな隙を見せた方がい──」

「ごめんシェアメルト、少し……」

「だいぶ黙ってなさい」

言いづらそうに窘《たしな》めようとした照魔の言葉を継ぎ、さらにアップグレードさせて言い捨てるエルヴィナ。

「……勝者《おれ》にお前を好きにする権利があるなら……行使させてもらう」

「えっ……ちょっと待て、私が先では？　浮気相手なんだが？」

「永遠に黙ってなさい」

いちいち言葉の横槍《よこやり》を入れてくるシェアメルトをエルヴィナに任せ、照魔はリィライザの傍《かたわ》らで跪《ひざまず》いた。

「……俺の会社に入ってくれないか、リィライザ」

「「「え？」」」

　ともすればプロポーズのような照魔の言葉に、女神三人が三者三様、驚きの声を上げる。

「お前のやり方は強引だったけど……人々に好かれて心を集めるっていう方法は、俺たちがマザリィさんと一緒に目指してる天界再興とほとんど同じだ。だったら俺たち、協力し合っていけると思う」

　照魔が高校生となって過ごした世界は幻だったが、それと同じ未来を目指してはいけない道理はない。

　リィライザとの和解をきっかけにして全ての女神と人間との共存が進む……それは何の無理もない、正しい筋道だと思うのだ。

「あっ。でもその代わり、世界中の人を洗脳するとか妙な空間に連れ込むとかは二度とナシだからな!!」

　照魔もその点だけは念を押しておく。

　言葉を失い眉を顰《ひそ》めているエルヴィナとシェアメルトを見やると、リィライザはむっとしながら上体を起こした。

「だーかーらー、リィの話聞いてたぁ？　人間の趣味嗜好《しこう》が……心が溢《あふ》れて、怪人になって暴れちゃうんだよ？　人間の性癖を消して回りでもしない限りさ、どの道ぜーんぶの人間界は滅んじゃうの！」

女神がこれまでどおり人間の崇拝を集めても、一時凌《しの》ぎにしかならない。

根本的な原因……リィライザの言う、人間が進化とともに獲得してしまった『属性』とやらを何とかしない限り、天界の調和は回復できないのだ。

「それは……俺とエルヴィナが創造神になれば何とかできるかもしれないだろ？」

照魔《しょうま》はリィライザの詰問を無垢《むく》な笑みでやり過ごし、誇らしげに胸を張って言い返した。

「…………は？」

啞然《あぜん》とするリィライザに、笑顔で畳みかける照魔。

「だから、俺とエルヴィナが女神大戦に勝利するために、協力してくれ！　俺たちは、リィライザの配信活動をバックアップするからさ!!」

あれほど苦痛を味わわせた憎き敵を前に、照魔には憎しみの欠片《かけら》も見えない。

「……ほんと、ちびっこなのに大物だよ、キミは」

リィライザはもはや言い返す言葉も失い、ふうっと吐息をこぼした。

「しょーがないなぁ。敗者の定めってやつだよね」

憑《つ》き物が落ちたような、正しく〝最かわ〟な笑顔で。

晴れ晴れとした面持ちで空を仰ぐリィライザ。ちょうどその時、倒れ残った木々の間を縫って、デュアルライブスの戦闘撮影用ドローンが飛んできた。

ドローンを認めるやいなや、リィライザはカメラに向けて横ピースを決めた。

「というわけで、女神会社デュアルライブスとコラボが決定しましたー！　みんなチャンネル登録と高評価……義務《よろ》だょ!!」

逞《たくま》しいやつだ。照魔もつられて笑みをこぼす。

「………『女神会社デュアルライブスチャンネル』のチャンネル登録もよろしく!!」

そして、お決まりの言葉も倣《なら》っておいた。

このドローンで撮影した映像を使うかどうかはわからないが、これでようやく長く不可思議だった戦いに決着がついたように思えた。

シェアメルトはストーカー特有の忍者めいた歩法で音もなく照魔に近寄ると、彼の小さな肩をそっと叩いた。それだけで済ませておけばかっこいいのに、蠱惑《こわく》的な指使いでさわさわと肩を撫《な》でる。

「少年……勘違いするなよ。今回の助勢は友達ランクアップの初回特典に過ぎないぞ。お前たちはいずれこの私が倒す……正々堂々、背後からつきまとった末にな」

シェアメルトは呆《あき》れる照魔に向けて二本指で空を切り、いつの間にか手にしていたラインバニッシュを一閃《いっせん》。空間に身体《からだ》を溶け込ませるようにして姿を消した。

「正面から訪ねて来いよ……」

反射的にツッコんでしまったせいで、礼を言うタイミングを逃してしまった。

シェアメルトは結託してリィライザを脱落させるチャンスだなどと嘯《うそぶ》きつつも、あくまで照魔《しょうま》たちのサポートに徹し、自分からは決してエアリズを攻撃しようとはしなかった。

リィライザとシェアメルトの配信動画が、照魔の脳裏を過《よぎ》る。

動画でのシェアメルトは、本当に楽しそうな顔をしていた。いつしか自分の立場を忘れ、リィライザと一緒の時間を心から満喫しているようだった。

そんなリィライザが人間の生命を盾にするような凶行に及んだのを見て、何としても止めようと決意した。ランクなどに縛られない、本当の友情のために……。

そう考えるのは、シェアメルトの肩を持ちすぎだろうか？

不意に照魔は辺りを見渡し、シェアメルトが転移させた詩亜《しあ》と燐《りん》の姿を捜した。

「……そうか。詩亜と燐、少し前までいた海に飛ばしたって言ってたっけ……」

シェアメルトの能力に不安はないが、念のためにもう少ししたら詩亜たち二人に連絡を取ってみようと決める。

人質の奪取に、共闘。

シェアメルトの助けがなければ、この戦いを乗り越えることはできなかっただろう。

リィライザと同じように、これからも一緒に戦って欲しい――そう伝えることができれば、どれだけ心強いか。

だがシェアメルトは、彼女との死闘が終わった後で「これからどうする」と問いかけた時、「また会おう」とだけ言って去って行った。共存を拒否したのだ。

事実、戦場で再会して数奇な共闘を果たした今もまた、照魔たちが何かを提案する前に去って行ってしまった。

創造神の座という、たった一つの椅子が女神全員の最終目標である以上、本来それは叶わない願いなのだろう。

その目標を同じくするはずのリィライザは、照魔の提案に……共存に頷《うなず》いた。

「……本気なの、照魔。会社にこいつを雇い入れるなんて……時限爆弾をビルに運び込むようなものよ」

露骨に嫌そうな顔をするエルヴィナに、リィライザは悪戯《いたずら》っぽく微笑《ほほえ》みかけた。

「そんなおもしろトークで誤魔化して〜、ホントはリィが会社に入ったら、他の女神にマウント取れなくなるのがヤなんじゃなぃの？」

図星を突かれ、エルヴィナは言葉に窮《きゅう》する。スマホやパソコン、その他人間界の機械や技術を使いこなすリィライザに入社されては、コピー機しか使えない自分の立場がなくなる。

「そういうエルちこそ、そんなにリィのこと邪魔ならトドメ刺せばぃいじゃん。時限爆弾は被害の出ないところでドカンってさせちゃう方がいいでしょ？」

ふんっと鼻を鳴らすエルヴィナ。

リィライザに散々苦痛を味わわされたのは、エルヴィナも照魔《しょうま》と同じだ。むしろ今も苛立《いらだ》ちは収まっていないが……一つだけ、リィライザに感謝の念がないでもない。

——正しく成長した照魔の姿を、幻でも見ることができたことだけは。

「リィも一個お願い、いい？　これからも個人でVは続けたいから、兼業認めて欲しいなぁって。けっこーハマっちゃったんだ、人間界のゲーム」

その願いはむしろ、照魔を安心させた。そして戦闘中からずっとリィライザに抱いていた憎めなさ、放っておけなさの正体に、ストンと心の奥に落ちるように得心がいった。

「……ああ、もちろん！　マザリィさんたちだって、兼業してるみたいなもんだし。俺も、小学生と会社社長を両方やってるからな!!」

あれだけ熱心にゲームを勉強できる女神が、ただ【神略】のためだけに動画を配信しているとは思えない——

詩亜《しあ》の言ったとおり、リィライザは純粋に動画配信を楽しんでもいたのだ。

彼女のその純粋さに、照魔は初恋の女神の面影を見たのだろう。

「じゃあリィは、デュアルライブスで動画作る『広報担当』ね！　機材とかいーっぱい揃《そろ》えてもらうんだから！」

甘えるようにしなを作って提案してくるリィライザ。照魔はそれを快諾した。

「任せろ！　会社ビルの一フロアまるまる撮影スタジオに改造してやるよ!!」

「わーい、照魔大好きっ☆」

完全復活した萌え声で媚《こ》びるリィライザ。勢いそのままに照魔に抱きつこうとした足を、ピタリと止めた。エルヴィナが厳しく睨《にら》み付けてきていたからだ。

「私はまだ信用していないわよ。女神が女神大戦をこうも簡単に諦めるなんて……何か裏があるに決まっている」

不信に満ちた眼差しを送られ、リィライザはけろっとしながら言い放った。

「そっか、エルちはまだ知らなかったんだっけ」

「……え？」

不審そうに首を傾《かし》げるエルヴィナを見て、してやったりの表情を浮かべるリィライザ。

「リィの【神略】が失敗した時点で、エルちたちに協力する以外の選択肢は残ってなかったんだよ。だってこの女神大戦は、たった一人の女神に仕組ま──」

リィライザの愛らしい唇が驚愕《きょうがく》を形作り、目が見開かれる。

「し──」

同時にそれに気づいたエルヴィナが声を上げ、手を伸ばすより先に──

「────照魔っ!!」

リィライザが、体当たりで照魔を突き飛ばす。

その刹那《せつな》――彼女の胸は、鮮やかな黄色の光条に貫かれた。

血相を変えて起き上がる照魔《しょうま》の前で、リィライザはすでに全身から紫電をほとばしらせていた。

「リィライザ――――――――――――――ッ!!」

リィライザは最期《さいご》に、自分の名を叫んだ照魔にだけ見えるように弱々しくウインクをすると――光となって消えていった。

「……リィライザ………あ、ああ……!!」

声を震わせながら、崩れ落ちる照魔。

彼女が光となって消えていく様は、初めて倒した四枚翼《エクシード》・アロガディスが消滅する時と全く同じだった。

それをとうとう、六枚翼《エクストリーム》の女神を相手に目にすることになってしまったのだ。

現実に理解が追いつかず狼狽《ろうばい》する照魔の背に――

「――――ありゃりゃ。リィライザに当たっちった」

無邪気な……あまりにも無邪気な声がかけられた。

「ディスティムッ!!」

怨敵《おんてき》の名を噛《か》みしめるエルヴィナ。

よろめきながら立ち上がり、振り返った先にいたのは、照魔も見覚えのある顔だった。

自分と同じぐらいの背丈の、小さな女神。

忘れようと思っても忘れられない。天界での女神大戦で、味方であるエルヴィナに堂々と勝負を挑んでいった六枚翼《エクストリーム》の女神——ディスティムだ。

「あー、そういえばお前とは天界で一度会ってるんだよな！　久しぶり、照魔！　元気してたか～!?」

照魔は拳《こぶし》を震わせながら、全く悪びれず笑っているディスティムを糾弾する。

「何てことを……リィライザは俺たちとの戦いでボロボロだったんだぞ!!」

「だからまだもう少しやれそうなお前を狙ったんだって～。人間庇《かば》うなんて、リィライザも面白いことするなぁ！」

「本気で言ってるのか……仲間が消滅してしまったのに!!」

「人間と戦ってボロボロになるのも悪いし！　私が戦いたい時にボロボロだったのも悪い!!」

どれほど言葉を応酬させようと、まるで通じているように感じない。未知の生命体とコミュニケーションを取っているような徒労感を覚えた。

遣《や》る瀬《せ》なさに打ち震える照魔に、エルヴィナが冷ややかに声をかける。

「……話すだけ無駄よ照魔《しょうま》……ディスティムに道理なんて通用しない」

エルヴィナの言葉には機嫌を損ねた素振りを見せ、唇を尖《とが》らせるディスティム。

「私たちは今、真の女神大戦をしてるんだ……弱いやつから脱落していくのが真理だろ?」

創造神を目指す女神は、最後の一人になるまで戦わなければいけない。その過程で誰と共闘しようが誰と敵対しようが、最終的には同じこと。

ついさっきシェアメルトが助力をしてくれた理由、理屈がまさかこんなにも早く、最悪の形で返ってくるとは……想像すらできなかった。

弱った獲物を狩る——勝利を収める近道を、誇り高き女神たちがここまで容易に選択するとは……。

女神大戦というバトルロイヤルを、甘く見ていたツケだとしか言えない。

だが、最悪の事態はさらに凶悪に膨れ、照魔とエルヴィナに牙を剝《む》いた。

「ちょっと待ったー!　ずりいっすよディスティムパイセン、次はうちが行くって言ってたのに!」

「え〜、それも違うわよ。リィちゃんのあとは私って決まってたのよ〜?」

ディスティムの背後から——さらに二人の女神が姿を現した。

しかもその二人は初めから六枚の翼を背に広げており、自分たちが何者なのか語るまでもなく照魔に明示してきている。

「クリスロード……プリマビウス……」

愕然《がくぜん》と呟《つぶや》くエルヴィナ。

やはりこの二人も、エルヴィナと同じ十二神……六枚翼《エクストリーム》の女神なのだ。

「自分の目で見ると本当に不思議な光景ね～、人間の男の子と女神が支え合ってる……うふふ、素敵」

頬《ほお》に手を添え、聖母のような微笑《ほほえ》みを浮かべるプリマビウス。

「いんやぁ～ズタボロなエルヴィナパイセンってめっちゃレアな光景っすね！」

クリスロードはすでに、狩るべき獲物を見つけた肉食獣のような笑みを浮かべていた。

三人の六枚翼《エクストリーム》の背後に、次々と光の柱が立ち昇っていく。ほとんどが倒れてしまった森林の木々を補完するように、何十本も続けて。

光の柱が消えると、そこには彼女たちの部下であろう四枚翼《エクシード》の女神が数十名から並び立っていた。

言葉を失う照魔とエルヴィナ。

ディスティムは、その場の邪悪女神《ゾディアクス》全てを代表して無慈悲に宣告した。

「そんじゃ、順番を決めよっか。誰からエルヴィナと戦う？」

EPILOGUE 異界の来訪者

それは何の理不尽さもない、当然の光景だった。

元は六枚翼《エクストリーム》のエルヴィナが六枚翼《エクストリーム》のシェアメルトと予期せぬ共闘を果たした時点で、いつでも起こり得ることなのだと考えるべきだった。

しかし、あまりにも早すぎた。突然すぎたのだ。

残り十人いる六枚翼《エクストリーム》のうちの複数名が、敵として同時に現れるなど。

エルヴィナは苦悶《くもん》で声を震わせながら、憎々しげにディスティムを問い質《ただ》した。

「いくら何でも六枚翼《エクストリーム》が三人同時に人間界へ侵攻してくるなんて……〝天界の意思〟が認めるはずがない……！　一体どんな手を使ったというの⁉」

「その〝天界の意思〟が支配力を弱めてきてるからなー！」

ディスティムはよくぞ聞いてくれたとばかり、嬉々《きき》として胸をそびやかす。

「お前らも薄々気づいてたかもしれないけど、天界の意思なんてのは結局、天界に住む女神が創り出したセーフティーロックみたいなもんだ。全ての女神の心が集合意思となって、誰かが突出して変なことしないように監視し合ってるってわけだなー!!」

プリマビウスもディスティムの思惑を知っていたのか、当然のように言葉を継いだ。

「つまり、天界に影響力のある女神がいなくなればなるほど〝天界の意思〟も支配力を弱めるのよ。さすがにもう六枚翼《エクストリーム》の行動を縛るだけの力はなくなっちゃったってことね～?」

「そうっす」

クリスロードは何を言っているのかよくわかっていないようだが、先輩二人の主張に合わせてうんうんと元気よく頷《うなず》いていた。

天界創生から門番を務めたエクストリーム＝メサイア。

仮とはいえ実質次の創造神に等しい神聖女神《セイヴァリド》の代表・マザリィとその部下たち。

そして、六枚翼《エクストリーム》のエルヴィナ、シェアメルト、リィライザ……。

これほどまで力のある者たちが一挙に天界を離れたのだ。『女神たちの集合意思』がバランスを崩すのも無理はない。

この時を待っていたと言わんばかりの侵攻のタイミング。ディスティムたちの手の平の上で踊らされていたようで、エルヴィナは癪《しゃく》に障った。

そしてリィライザが、『二人の女神に戦いを仕組まれていた』と言いかけていたことを思い出す。

「気に入らないわね……全部あなたの筋書きどおりということ……?」

「同じ戦闘好きでも、私はお前と違って楽しく戦うための準備はしーっかりするタイプだからな！　それにはとにかく〝天界の意思〟が邪魔で邪魔で仕方がなかったんだー!!」

ディスティムは嬉しくて仕方がない様子で、無邪気にバンザイをしてみせた。しかしその仕草は、己の拳で天を破壊するという意思表示にも見て取れる。

ディスティムの直属の部下なのか、背後に立つ四枚翼《エクシード》の一部もそれに同調して勇ましく拳を掲げた。

「嬉しいだろエルヴィナー！　これからは邪悪女神十二神《わたしたち》も好きな時に好きなだけ人間界に来られるんだぞー!!」

「うちは強くなれればどうでもいいんで！　細けーことディスティムパイセンがやってくれたから、ラッキーだったたっす!!」

「……まあ、そういうことだから。諦めて、エルヴィナちゃん♡」

三人の六枚翼《エクストリーム》が、品定めをするように照魔《しょうま》とエルヴィナに視線を向けていく。

そして程なく、それぞれが戦う相手を割り振っていった。

「照魔、お前創造神になりたいんだろ！　だったら私と勝負しろ!!」

「えーっと、じゃあうちはエルヴィナパイセンの方で！　対よろっす!!」

「え～、じゃあ私は……うふふ、やっぱり男の子の方かしら～？」

顔見せに来ただけで、戦いは万全に回復したあとで――という雰囲気ではなさそうだった。

照魔は唐突に軽い目眩《めまい》に襲われた。肉体的疲労からではない。精神的打撃のせいだ。

フルマラソンを完走してゴールテープを切った後に、係員に「ごめん、やっぱもう四二キロ走ってきて！」と気軽に背中を叩かれるようなものだ。

いや……六枚翼《エクストリーム》が三人だから、フルマラソンのゴール後に一二六キロのマラソンを強いられるのも同然か。

こんな時でも得意な算数で考えてしまう自分に、照魔は思わず自嘲《じちょう》が漏れる。

「………これ、切り抜けられそうか、エルヴィナ……」

「──当たり前でしょう。私を誰だと思っているの。天界最強の女神よ」

「お前がそう言ってくれるなら、俺ももう少し根性見せないとな……」

こんな時は、エルヴィナの強気が何よりも頼もしい。たとえそれが虚勢であっても、照魔の心を奮い立たせるには十分だった。

もはやシェアメルトの気紛れな助力は望めない。自分もエルヴィナも死力を尽くし、立っているのがやっとな状態だ。

だというのに目の前に立ちはだかる三人の六枚翼《エクストリーム》は、思い思いに微笑《ほほえ》みを浮かべる一方。

一秒後には地上そのものが消えて無くなるほどの戦いが展開される──そんな凄《すさ》まじい女神《めがみ》力《りょく》を全身から立ち昇らせていた。

彼女たちの後ろに控える数十名の四枚翼《エクシード》も同様だ。すぐにでも全力で飛びかかってこんばかりの殺気を放っている。

「やっと邪悪女神《ゾディアクス》ともわかり合えるかもって希望が出てきたのに……やっぱり俺は、女神と戦わなくちゃいけないのか……」

勝敗の決まりきった戦い……しかし、逃げることはできない。

何より……リィライザは、自分の会社の社員となったばかりだった。彼女の仇であるディスティムたちを、許すわけにはいかない。この戦いには、背を向けることはできないのだ。

照魔《しょうま》が悲痛な面持ちで歯噛《はが》みした、その時。

「なるほど……この世界は今、こういうことになっていたんですね」

突如として辺りに響いた凛《りん》とした声に導かれ、邪悪女神《ゾディアクス》たちが一斉に背後を振り返る。

一際目《ひときわ》を引く大木の半ば、逞《たくま》しい太枝に、一人の少女が立っていた。

太陽の逆光でシルエットしか判別できず、その全貌は窺《うかが》えない。

「あら……いいおっぱい」

そのシルエットから弩級《どきゆう》の巨乳であることを見て取り、プリマビウスが微笑《ほほえ》む。

天界随一の巨乳たる彼女が女性の胸を褒《ほ》めるなど、数万年はなかった緊急事態。

今ここに、新たな神話が誕生したと言っても過言ではなかった。

しかし女神の世辞など一顧だにせず、シルエットの少女は言葉を重ねた。

「――少年。好きなものを守るためなら、その好きなものとも迷いなく戦う覚悟を持たなければいけません」

少女の言葉が自分に向けられていると悟り、はっとする照魔。

「私の愛する人は、今もそうして大切なもののために戦い続けています」

ディスティムは目を輝かせ、心躍らせながら枝の上の少女に向けて手を振る。

「お前誰だー？　神聖女神《セイヴァリド》かー？」

「違うっす、女神力《めがみりょく》は感じない……ただの人間っす。……けど、妙な力は感じるっす」

クリスロードは珍しく真顔になり、ディスティムの予想を否定する。そして、謎めいた少女の輪郭を視線で丹念になぞっていった。

六枚翼《エクストリーム》が警戒する様子を見せたことで、にわかにざわめき始める部下の四枚翼《エクシード》の女神たち。

そのうちの焦《じ》れた一人が枝の上を指差し、血気に逸《はや》って声を張り上げる。

「――貴様、何者だ!!」

悪党お決まりの口上を投げかけられ、少女はふっと笑みを浮かべる。

その言葉――何度一笑に付してきたことか。

少女は巨木の枝から飛び立ち、軽やかに着地すると、白衣をマントのように翻した。

威風堂々と歩み出るその姿に、全ての女神が目を奪われる。

照魔《しょうま》の、そしてエルヴィナの戸惑いを宿した金の右目に、風にたなびく白銀の髪が映った。

かつて冷たい仮面で哀しみを隠し、異形の者たちを相手に復讐鬼となった少女がいた。

輝く希望が仮面を砕いた時――少女は、本当の笑顔を取り戻した。

そして今、邪悪なる女神たちを相手取り、その美しき素顔を露わにして不敵に立ちはだかるその少女の名は――

「我が名は夏休みなので世界をわたる旅行者！　ドクター＝ツインテール!!」

ディーギアス＝エアリズ

牡羊座のディーギアス。
全身が動画投影機器・動画編集機材と化したような存在で、
幻影能力を極大まで増幅させることが可能。
さらに伸縮自在の両腕を持ち、
ブレイバーマギアを装備することで
物理戦・魔法戦の両方を制する。
きゃわわを捨てた代償に、
悪魔的な戦闘力を発揮する。

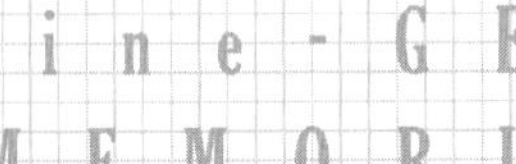

Divine-GEARS MEMORIA

あと女神がき

お久しぶりです、水沢夢《みずさわゆめ》です。

全く既視感のない謎めいた超絶美少女の登場で、風雲急を告げるのか予定調和なのか——次回の『双神のエルヴィナ』４巻もよろしくお願いします。

と、すぐ終わるわけにもいかないので補足しますと、『双神のエルヴィナ』は何の予備知識も無くそれだけを読んでいただいても楽しめる前提で執筆していますし、私の他の作品を読んでくださっている方は高いところに女の子が腕組みして立っているのを見るだけで「フフッ」ってなれるぐらいの塩梅《あんばい》でも作らせていただいています。

ただ1巻の頃からずっと「ツインテールを我慢して大丈夫か」とか言われ続けていて何だったら声優さんにもとある媒体で「いつツインテールって言い出すのかと～」的な温かいコメントをいただいたりして、ついには自分自身の中に存在するツインテールまでもが『水沢夢よ……』と語りかけてくるに至り、自分が創作する上でツインテールという単語を封印しても何もいいことないな、と思って今回満を持して解禁——

したというわけではなく。

元々あの子が出てくる時に初めて口にする……というかあの子以外には知識として口にできない必然的な理由もありますので、続きの４巻をぜひ読んでいただければと思います。

エルヴィナにしてはツインテールの話ばかりしているなと思われるかもしれませんが、それもそのはず、これが出る頃はもうすぐ私が**作家《ツインテール》デビューして十周年**なのです。

その前後に本が出ると限らないので今のうちに謝辞を書いておきますが、

イラストの春日歩《かすがあゆむ》様、十年間素晴らしいイラストをありがとうございます！　可愛いイラスト、かっこいいイラスト、ツインテールなイラスト。何の本の何巻にどんなイラストがあったか、今でも即座に答えられるくらい記憶に焼き付いています。

春日さんと一緒に物語を紡いで来られたことが、私の誇りです。願わくばこれからもさらにその素晴らしいイラストで世界を紡いでいっていただければと思います。

編集の濱田《はまだ》様とも十年のつき合いです。校了の瞬間までいいものにし続けようという熱意、真摯《しんし》に作品に向き合ってくださるおかげでこんなにもたくさんの本を世に送り出すことができました。打ち合わせの時に呂律《ろれつ》が回らなくなるまで酒を呑《の》む以外は本当に素晴らしい人なのですが、十年言い続けても変わらなかったので諦め……ずに次の十年も言い続けます。

そして何より、十年前から応援してくださっている方。もしくは何か別の作品、エルヴィナから応援してくださっている方。読者の皆様のおかげで、私は創作者でいられます。これからも色々な物語を作っていきますので、お付き合いくだされば幸いです。

それでは、また次の本でお会いいたしましょう!!

→十周年の間に何か本を出せたらその本のあとがきにコピペで同じこと書きます。→

GAGAGA
ガガガ文庫

双神のエルヴィナ3

水沢 夢

発行　2022年3月23日　初版第1刷発行

発行人　鳥光 裕

編集人　星野博規

編集　濱田廣幸

発行所　株式会社小学館
〒101-8001 東京都千代田区一ツ橋2-3-1
[編集]03-3230-9343　[販売]03-5281-3556

カバー印刷　株式会社美松堂

印刷・製本　図書印刷株式会社

Printed in Japan　ISBN978-4-09-453059-9